LISA KRÄNZLER

LICHTFANG

Roman

Suhrkamp

Erste Auflage 2014
© Suhrkamp Verlag Berlin 2014
Alle Rechte vorbehalten, insbesondere das der Übersetzung,
des öffentlichen Vortrags sowie der Übertragung
durch Rundfunk und Fernsehen, auch einzelner Teile.
Kein Teil des Werkes darf in irgendeiner Form
(durch Fotografie, Mikrofilm oder andere Verfahren)
ohne schriftliche Genehmigung des Verlages reproduziert
oder unter Verwendung elektronischer Systeme verarbeitet,
vervielfältigt oder verbreitet werden.
Satz: Satz-Offizin Hümmer GmbH, Waldbüttelbrunn
Druck: CPI – Ebner & Spiegel, Ulm
Printed in Germany
ISBN 978-3-518-42445-2

Lichtfang

Inhalt

Orakel (metallisch)

Die Kraft kommt aus den Beinen, schnellt über Fuß, Knie und Hüftgelenk in Rumpf und Arm. Wie Quecksilber in einem Thermometer steigt der Impuls zur Wurfhand hinauf. Jetzt sieht er seine Finger – Wurfhandfinger, Schutzhandfinger, zwei Daumen, die ein T bilden – und blickt ihnen nach, sieht, wie sie sich entfernen, während er den Arm durchstreckt und das Handgelenk abklappt. Der Mittelfinger gibt den letzten Touch.

Rückwärts rotierend schmilzt das schwarze Ballgerippe, mischt sich in die Flächen, verschattet das Orange.

Lilith. Ihr Name heftet sich an den Ball wie ein Kometenschweif.

Als die orangefarbene Kugel den höchsten Punkt ihrer Bahn erreicht und zum Sturzflug ansetzt, wiederholt er kurz und dringlich seinen Wunsch, sein zweisilbiges Stoßgebet.

Lilith.

Dann macht es SWISH.

Der Ball tropft in den Ring, klirrt und rasselt im Kettennetz wie Schlossgespenster, ehe er den Maschen entschlüpft, fällt und auf den Asphalt prallt, wo er mit aller Kraft gegen die Schwerkraft anhüpft. Rufus springt ihm nach, schnappt sich den Hüpfenden und setzt ihn auf die Hüfte, gönnt ihm eine kurze Pause, bevor er ihn – wieder und wieder und wieder – an sich hochspringen lässt wie einen jungen Hund. Tack, tack, tack – die luftgefüllte Gummiblase wird zum Schlegel, trommelt auf den Platz, schlägt die Pausenhofpauke, hallt durch die Dämmerung und weckt den ersten Stern. Der Himmel verspricht eine klare Nacht.

Rufus rast über das Spielfeld, ein Kreisel mit orangefarbenem Fleck, ein Derwisch mit Ball, der imaginäre Gegner niedermäht und zum Korb zieht: Fast Break, Spin Move, Jump Shot! Crossover, Fadeaway – Ha! In your face!

In der Ferne glimmen die Straßenlaternen auf. Platz und Korb verschmelzen mit der Betonbunkerkulisse des Gymnasiums. Den Schulhof zu beleuchten, ist ein Luxus, den sich die Stadt nicht leisten kann. Nur ein Wurf noch, denkt Rufus und tritt hinter die Freiwurflinie. Ein letztes Mal das Orakel befragen, den Ball wie eine Münze werfen, dem Brett entgegen, das schemenhaft in der Dunkelheit aufragt. Ein Schuss ins Graue. Wenn er reingeht, dann –

Was dann? Dann Lilith. Lilith und Rufus und Rufus und Lilith, denkt er und wirft.

Auf dem Nachhauseweg, jener langen Geraden quer durchs Gewerbegebiet, die an Lebensmitteldiscountern, Autohäusern und Fabrikhallen vorbeiführt, spürt er, wie die Vorfreude, die so lange zerknüllt in einem düsteren Winkel lag, in seine Mitte rollt, wo sie sich entfaltet, aufblüht und strahlt wie Kirschblüten in der Frühjahrssonne. Morgen! Morgen wird er sie wiedersehen!

Er schließt die Haustür auf und wäscht sich die Hände im Gästeklo, wo Rosa, der fette, verzogene Familienkläffer, faul neben der Toilette fläzt. Der Raum, dessen Wände Rufus' Schwester vor Jahren mit Wasserpflanzen, Fischen und Quallen bemalt hat, ist Rosas Revier, in das sie nur ausgewählten Gästen Zutritt gewährt, die daraufhin in tierischer Gesellschaft ihr Geschäft verrichten müssen – eine Aufgabe, die sich vor allem dann schwierig gestaltet, wenn die seit ihrer Sterilisation sexuell verwirrte Rosa das Besucherbein bespringt. Mit einem wild rammelnden Fellknäuel am Schienbein vergeht einem das Wasserlassen ... Wie? Keine Begrüßung? Kein freudiges Gebell?

»Der Hund hat wieder gekotzt«, klärt ihn sein Vater auf, dessen bärtiges Gesicht just in dem Moment aus dem Kellergeschoss auftaucht, als Rufus mit nach Aprikose duftenden Händen das Gästeklo verlässt.

»Ach so.«

Wolfshungrig fällt Rufus in die Küche ein, holt Wurst, Käse und Margarine aus dem Kühlschrank. Dann toastet, schmiert, belegt und verschlingt er Schnitte um Schnitte. Das Kopfschütteln seiner Mutter und die Blicke seines Vaters, der ihn in gereiztem Tonfall auf die unverhältnismäßige Dicke der Käse- und Wurstscheiben hinweist, ignoriert er. Fragen, Kommentare und Ermahnungen perlen an ihm ab wie Wasser am Gefieder eines Entenvogels. Morgen ist Morgen – der Rest nicht weiter wichtig. Noch eine Nacht! Eine Handvoll schwarzer Stunden.

Lilith. Lilith, Lilith, Lilith. Anstatt zu schlafen, badet er in ihrem Namen. Rufus und Lilith und Lilith und Rufus. Bloß noch ein bisschen Geduld ... Sein Atem geht jetzt ganz gleichmäßig. Wirre Träume vertreiben ihm die Zeit bis zum Weckruf.

Montag, 6.40 Uhr. Die Stimme der Mutter hallt durchs Haus. Rufus tastet nach seiner Brille. Er weiß nicht, ob er bereit ist. Er weiß nur, dass er's wagen will.

Orakel (elektronisch)

Lilith sitzt auf der Toilette und drückt gegen ihren Bauch. Mit dem linken Handballen presst sie Gedärm und Blase aus wie eine Zitrone. Alles, alles muss raus! Sie will leer sein, vollkommen leer, will die verdammte Bauchhöhle trockenlegen, sie von sämtlichen Nahrungsmittelrückständen befreien, bis auch die letzte Darmfalte sauber und aller Nährschlamm ausgeschissen ist.

Der Nachteil am Schlucken fester Nahrung ist, dass der meterlange elastische Schlauch, der auf seinem Weg vom Mund zum Arschloch mehrfach Farbe, Form und Funktion wechselt, diese anschließend um jeden Preis behalten will. Was einmal in das Labyrinth des Verdauungstrakts hinabgeschickt wurde, findet so schnell nicht wieder hinaus. Der Speisebrei verschwindet auf verschlungenen Pfaden irgendwo unter dem Bauchnabel und ward nie mehr gesehen. Es sei denn, man kotzt.

Aber kotzen ist unangenehm. Unangenehm, zeitaufwendig und kräftezehrend. Lilith kotzt nur, wenn es nottut. Zum Beispiel an Weihnachten, in die goldig glänzende, mit Blumenranken verzierte Keksdose, die noch von der Urgroßmutter stammt. Spätabends, nachdem sich der Rest der Verwandtschaft zur Mitternachtsmesse aufgemacht hat, schleicht sie mit der kotzegefüllten Keksdose die Straße entlang, sucht die Schatten, meidet das Laternenlicht. Umhüllt von den Nebeln der Heiligen Nacht, schüttet sie die Kotze auf einem Acker aus, auf dem im Sommer Weizen wachsen wird.

Erklingt das Lied von der *Weihnachtsbäckerei*, läuft Lilith nicht Speichel, sondern Galle in den Mund. Dann denkt sie an Pawlows Tierversuche und daran, wie erlösend es wäre, wenn sie die Schuld an ihrem Hundeleben jemand anderem geben könnte. Nur wem? Das verdammte mea culpa, mea culpa, mea culpa klingelt ihr in den Ohren, begleitet jeden ihrer Schritte, als trüge sie Glöckchen an den Fußgelenken. Seit das Schuljahr, in dem Lilith Süddeutschland gegen den Norden Kanadas, Mischwälder gegen borealen Busch, Bundesstraße gegen Highway und Gymnasium gegen Highschool tauschte, zu Ende gegangen ist und sie in die gehassliebte Heimat, wo keine Polarlichter, dafür aber Wiesen und Weiden giftgrün leuchten, zurückkehren musste, löst nicht nur Weihnachten, sondern alles, was aus dem elterlichen Kühlschrank kommt, am heimischen Herd gekocht und im geerbten Porzellan serviert wird, Brechreiz aus. Verständlich, dass Lilith unter den gegebenen Umständen Eltern und Esstisch meidet, sich anderswo versorgt. Warum sie mit der Versorgung allerdings stets so lange wartet, bis die Schmerzen wie Klappmesser gegen die Magenwände schnellen und der graue Zuckerfresser in ihrem Schädel keinen einzigen klaren Gedanken mehr produzieren kann, versteht sie selbst nicht. Es gibt zu viele Gründe; zu viele miteinander verknüpfte Ursachen, die wie die Brettspielplättchen vom *Verrückten Labyrinth* jeweils einen Bestandteil des Irrgartens ausmachen, in dem Lilith sich verlaufen hat.

Klopapier, Slip hoch, Spülknopf. Über dem Badewannenrand hängen die Klamotten, die sie schon gestern und vorgestern und vorvorgestern getragen hat. Lilith liebt es zu sehen, wie ihr Alltag und ihre Bewegungen den Kleidungsstücken nach und nach Charakter verleihen, freut sich, wenn die erste Gürtelschlaufe reißt und der Hosenboden weiß wird, begrüßt das erste Loch im Ärmel und den Lackstiftklecks, dessen Schwärze *permanent* bleibt, während um ihn her das Blau der Baumwolle ausblutet.

Doch unter dem Haufen liegt noch etwas. Etwas, das trotz seiner Gebrauchsspuren nicht offen zur Schau gestellt wird und unter allen Umständen geheim bleiben muss. Es handelt sich um ihre neueste Erfindung, ein spezielles Stück Unterwäsche, das einer Art Korsage ohne Schnürung gleicht. Ihr Bedürfnis nach Halt, nach der Enge einer andauernden, festen Umarmung, nach einem Beschlag, der sie am Zerspringen hindert, hat Lilith den Kragen eines alten Rollkragenpullovers abschneiden lassen. Durch die dunkelblaue Kragenschlinge passen ein Kopf, ein Hals, ein Arm –

Doch wo ein Wille ist, da findet sich auch ein Weg, die Schultern durch die Schlinge zu zwängen und diese bis über die Brust zu ziehen, wo sie Busen, Brustbein und Rippen zusammenquetscht und das Atmen erschwert. Die blöden Titten sind eh zu nichts nutze, ihr Wippen das Gegenteil von Stabilität. Die Schlinge dagegen bedeutet Sicherheit. Ihr Druck ist real. Die aufgescheuerten Rippen, die roten Striemen und die permanente Atemnot beweisen es. Wenn man das Leben würgt, wird es strampeln, nach Luft schnappen, sich bemerkbar machen. Liliths Schlinge erpresst Lebendigkeitsbeweise.

Als sie ihre Anziehsachen vom Wannenrand nimmt, fällt ihr Blick auf die Waage. Das letzte Wiegen liegt bereits Monate zurück, denn eigentlich zweifelt Lilith an der Aussagekraft der Zahlen, die ihren Kopf nicht als zentnerschwer bezeichnen, sondern ihm lediglich läppische drei oder vier Kilo zurechnen. An diesem Morgen überfällt sie dennoch eine merkwürdige Neugier. Auslöser für Wissensdrang und

Wiegewunsch waren wohl die alten Fotoalben, an denen sie sich nicht sattsehen kann.

Die ganze Nacht lang ist sie sich auf Hunderten gelochter und sorgfältig mit Fotografien beklebter Seiten selbst begegnet, einer verkleinerten und unschädlich gemachten Lilith, eingeschlossen in Rechtecken, reduziert auf zwei Dimensionen. Zwischen Nähe und Distanz, Identifikation und Entfremdung hin- und herpendelnd, starrt sie das Wesen an, das ihre Eltern mit Schnappschüssen erlegt haben und das nun, von Licht und Lösungen fixiert, in seinem Bilderkäfig sitzt und sich begaffen lassen muss wie ein exotisches Tier.

Die Alben sind nach Jahreszahlen geordnet. 1997 ist Liliths Lieblingsjahr. Damals musste sie sich oft, sehr oft wiegen, denn Heimtrainer, Kadertrainer und Sportarzt wollten genau Bescheid wissen über Wettkampfgewicht und Last-Kraft-Verhältnis ihrer Athletin.

Die Aufnahmen zeigen sie in Bestform.

Lilith blättert um und um, fährt mit dem Finger von Stadion zu Stadion, steuert auf den Saisonhöhepunkt zu. Die datierten, mit Zeiten, Weiten und Höhen unterschriebenen Abzüge triggern Abgespeichertes: Es riecht nach Tartan, frischgemähtem Rasen und Platzpatronen. Sie kauert auf der Bahn, die Beine zwei gespannte Federn, die ihren Körper aus dem Startblock katapultieren werden. *Fertig?* Es knallt und Lilith fliegt, zieht Richtung Ziellinie und stoppt die Zeitmessung mit der Brust.

Dann Pause und Zuschauertribüne, Bananen- und Sitzschale, weiches Fruchtfleisch und harte Waden, in die der Trainer seine Daumen gräbt, sie durchknetet und lockert, damit die Flugschau weitergehen kann. Bald hängt sie wieder in der Luft, schwebt über einer glattgeharkten Grube.

Hat sich die Schwerkraft verringert? Ist die Grube ein Krater, das Stadion ein rot-grüner Mond? Sand rieselt von ihren Schenkeln, sammelt sich in Socken und Spikes. Der Raumanzug, den sie zurechtzupft, ist ein knapper Zweiteiler aus Nylon.

Vorbei, denkt Lilith, aus und vorbei …

Was nutzt ihr die Erinnerung? Faktisch ist ihr von 1997, diesem von persönlichen wie sportlichen Erfolgen geprägten Jahr, in dem die Probleme des Erwachsenwerdens noch in weiter Ferne lagen, nur dieses Album geblieben. Ein Buch voller eingefrorener Momente, die ein perfektes Leben dokumentieren. Eine Lehrbildreihe des Glücks.

Natürlich weiß Lilith, dass diese Bilder mit ihren glänzenden Oberflächen nicht die Realität zeigen. Das Blinzeln der Linse hat Augenblicke festgehalten, die man in Wahrheit niemals zu fassen bekommt, die verschwinden, verfliegen, vergehen. Die Zeit will fließen. Sie ist es auch, die all die kleinen, kostbaren Augenblicke an der Hand nimmt und zum Weiterlaufen zwingt, die zieht und zerrt und alles, was ist, in die Zukunft verschleppt.

Lilith will keine Zukunft. Sie will in eine dieser Fotografien kriechen, mit ihr verschmelzen, im ewigen Eis der bunt schillernden Spiegelglätte erstarren. Die Zeit soll anhalten, sofort, bevor noch mehr schiefläuft.

Sie schließt die Badezimmertür ab, zieht sich nackt aus und tritt vor die Waage. Ihre Utopie, so viel fleischlichen Ballast wie möglich abzuwerfen, um, endlich erleichtert, ins Jahr 1997 zurückzuschweben, ist Irrsinn, das weiß sie. Ihr Magen ist keine Schwimmblase und kein Ballon. Er wird sie niemals irgendwohin tragen. Auch dann nicht, wenn er nur noch mit Luft gefüllt wird.

Lilith tippt die Waage an. Auf der Segmentanzeige leuchten drei Nullen und ein Punkt auf. Lilith atmet tief aus. Und während sie sich leicht und ihre Lungen leer macht, denkt sie an eine Zahl, die sie aus der guten, glücklichen, erfolgreichen Zeit kennt. Dass sie damals einen ganzen Kopf kleiner war, spielt jetzt keine Rolle.

Sie stellt die Füße neben die eckigen Nullen. Wenn die Sieben aufblinkt, dann … – Was dann? Sie weiß es nicht. Anstelle der Nullen erscheint eine neue Balkenkombination: 49,8 liest Lilith. Da ist keine Sieben dabei.

Fangspiegel

Rufus ist flau im Magen. Glasschüsselchen, Löffel, Zucker-
dose und Cornflakespackung bleiben an diesem Montag-
morgen unangetastet. Gedankenverloren steigt er die Treppen zum Badezimmer hinauf, wo Einrichtung und Gegenstände so tun, als sei es ein gewöhnlicher Tag. Die Teil-
nahmslosigkeit des Raums, in dem vergangene Nacht kein
einziges Ding vor Aufregung verrückt wurde und die Frot-
teefasern des Badvorlegers strammstehen wie immer, kon-
sterniert ihn. Was hat er erwartet? Eine Neukonstellation
von Handtüchern, Seife und Deodorants, die auf einen Anfang, einen Umbruch, eine einschneidende Veränderung
hindeutet? Vielleicht.

Er zieht seine Zahnbürste, das Grün im rot-gelb-blauen
Bürstenstrauß, aus dem Zahnputzbecher. Die morgendliche
Mundhygiene gestaltet sich, seit ihm der Kieferorthopäde
die lästigen Klammern und Drähte entfernt hat, wunderbar
unproblematisch.

Rufus bleckt die Zähne. In Reih und Glied stehen sie da.
Vielleicht hat es sich doch gelohnt, den jahrelangen Klam-
mergriff des Metalls zu ertragen. Daran, dass die weißen
Stalagmiten und Stalaktiten aus Kalzium und Phosphat,
die da aus seinem Ober- und Unterkiefer ragen, eindeutig
zu groß, zu breit und zu lang geraten sind, konnte die Span-
ge, vom Kieferorthopäden als Multibracketapparatur bezeichnet, allerdings auch nichts ändern. Das Gebiss des rotblonden Typen, der Rufus aus dem Badezimmerspiegel ent-
gegenstarrt und angriffslustig die Zähne fletscht, hat etwas
Furchteinflößendes, Tierisches. Es erinnert weder an Ha-

sen noch an Pferde, noch an irgendwelche anderen harmlosen Fluchttiere. Nein, es sind Hauer, scharfe Schneide- und Mahlinstrumente. Sein Gesicht ist mit Zähnen bewaffnet. Besonders sympathisch sieht das nicht aus.

Rufus wendet sein rechtes Auge ab, drückt die empfohlene erbsengroße Menge Zahnpasta auf die blau-weißen Borsten und kehrt dem Spiegel den Rücken zu. Die marmorierten Badezimmerfliesen sind glücklicherweise zu matt, als dass er darin seinem seitenverkehrten Abbild begegnen könnte. Er will den virtuellen Rufus, diese künstliche, kalte Kreatur, die ihm das Glas an den Kopf wirft wie eine dreiste Behauptung, nicht sehen; will nichts zu tun haben mit dieser seelenlosen Simulation, die mit dem, was er, der reale Rufus, fühlt, sieht, denkt und zu sein glaubt, in keiner Weise übereinstimmt.

Seine Abneigung gegen Spiegel und die darin hausenden Zwillinge hat sich im Lauf der Jahre so sehr verstärkt, dass er inzwischen auch Autos, Schaufenster und alle anderen reflektierenden Oberflächen meidet. Die Flucht vor der Reflexion ist zum Reflex geworden, der Widerwille gegen den Widerschein zum Prinzip. Die einzigen Spiegel, die Rufus' Meinung nach existenzberechtigt sind, sind die in seinem Teleskop, zumal sie das Licht nicht zur eitlen Selbstbetrachtung einsammeln, sondern höheren Zwecken dienen. Forschungszwecken. Und wo geforscht wird, da herrscht Ordnung. Man arbeitet nach einer bestimmten Methode, weiß, was man tut.

Natürlich ist das nicht die ganze Wahrheit. Doch von der betörenden Wirkung jener Bilder, die in der Brennebene dargestellt werden, von seiner Entdeckung, dass das Okular ein Schlüsselloch ist, durch das er in Gottes unendliche Privatgemächer linsen kann, spricht Rufus nicht. Wenn er sich über die Austrittsblende seines Teleskops beugt und dem Universum tief in eines seiner unzähligen Augen schaut, fühlt er sich frei. So frei, als triebe er durch die schwarze, endlose Stille, vollkommen schwerelos. Nicht nur sein Blick, sondern auch sein Körper rast dann mit Lichtgeschwindigkeit durch die Milchstraße. Das leichte Schwindelgefühl, die Sehnsucht und die Ernüchterung, mit denen er nach jeder Beobachtungssession wieder zur Erde zurückkehrt, sind Nebenwirkungen, die er gerne in Kauf nimmt.

Ausspucken, ausspülen. Die Bürste klappert zurück in den Becher, der dummerweise direkt unter dem Spiegel steht. Da ist er wieder. Der falsche Rufus. Der Spiegelfeind, der alles vertauscht und verdreht und anstelle des linken das rechte Auge nach innen schielen lässt. Sein Schielen, diese »ausgeprägte Augenmuskelgleichgewichtsstörung, die eine Fehlstellung der Augen zueinander zur Folge hat«, diese als »Strabismus« bezeichnete Anomalie, die kein Silberblick und kein »rein kosmetisches Problem« ist, sondern eine Krankheit, eine Plage, die Doppelbilder und Kopfschmerzen erzeugt und Rufus obendrein seines räumlichen Sehvermögens beraubt hat, ist, neben den Zähnen, die zweite Andersartigkeit in seinem Gesicht, die die Menschen verwirrt, verunsichert und – da kein Mensch gerne verwirrt oder verunsichert ist – abstößt. Die Angst vor dem Abnormen, dem Unbekannten und Fremden sowie den Unwillen der Allgemeinheit, sich mit dem zu befassen, was von ihren Gewohnheiten und Regeln abweicht, hat Rufus dank seiner speziellen Physiognomie, die oft genug ebendiese Angst und diesen Unwillen hervorruft und die Leute dazu bringt, sich von ihrer scheußlichsten Seite zu zeigen, von klein auf kennen und hassen gelernt.

Da er jedoch weder an der Dummheit der Menschen

noch an seinem Äußeren etwas ändern kann, hat er beides als feste Größen akzeptiert, als Konstanten, mit denen er rechnen muss, wenn er nicht wie ein Trottel gegen Windmühlen ankämpfen will. Unzufriedenheit und andere Sentimentalitäten verbietet er sich. Mit der Zahl Pi, der Null oder der Eulerschen Zahl hadert er schließlich auch nicht. Stattdessen zieht Rufus es vor, sich auf die Vorteile zu konzentrieren, die ihm sein Gesicht verschafft und im Wesentlichen darin bestehen, dass es die engstirnigen, verlogenen und größtenteils vollständig verblödeten Bauern – von denen es in dem Kaff, in dem er Abitur machen muss, nur so wimmelt – von ihm fernhält. Sie meiden ihn, wie er die Spiegel meidet; fürchten ihn, wie sie alles fürchten, was sie nicht in ihr simpel konstruiertes Weltbild einfügen können und darum vorsichtshalber in die Peripherie ihres allzu kleinen Gedankenkosmos verbannen. Wer das Besondere und Außergewöhnliche verkörpert, wird zum Sonderling und Außenseiter gemacht, wer eine Gefahr für die bestehenden Hierarchien darstellt, ausgegrenzt – das war so, ist so und wird wohl auch in Zukunft so bleiben.

Rufus steht noch immer vor dem Spiegel. Er schüttelt den Kopf. Wegen seines Gesichts wird Lilith ihn ganz bestimmt nicht lieben …

Vom Turm der nahen Basilika läuten die Glocken. Scheiße! Schon Viertel nach sieben. Er wird noch zu spät kommen. Rufus fegt durch die Stockwerke, klaubt Schulsachen und Sportzeug zusammen, klemmt sich den Basketball unter den Arm und hastet aus der Tür. Auf der Straße vor dem Haus herrscht zu so früher Stunde kaum Verkehr. Rufus nutzt die freie Fahrbahn für ein kurzes Dribbling, dreht sich zwei-, dreimal mit dem Ball um die eigene Achse. Die einzige Äußerlichkeit, um derentwillen er gerne geliebt werden würde, wäre ein perfektes Ball-Handling, denkt er und rennt zur Schule.

Hohlspiegel

Lilith sitzt auf der Kante des Waschtischs und spielt mit
dem Toilettenspiegel; schiebt ihn weg, zieht ihn ran, schiebt
ihn weg, zieht ihn ran, so dass ihr dreifach vergrößertes Gesicht abwechselnd innerhalb und außerhalb der Brennweite
liegt. Je weiter sich ihr Kopf von jenem Punkt entfernt, in
dem die vom Spiegel reflektierten Lichtstrahlen aufein-
andertreffen, desto mehr verschwimmt, verzerrt und ver-
formt sich ihr Abbild. Auch der Hintergrund gerät aus
den Fugen. Das Rechteck der Badezimmertür bläht sich,
quillt in den Raum und schmiegt sich um Liliths Schädel
wie ein hellhölzerner Heiligenschein, dieweil Augendunkel
und Lippenrot im Fleisch zerfließen wie Wachsdekore auf
Kommunionskerzen.

Sie hat keine Lust, sich scharf zu sehen. Muss sie aber.
Denn ab heute ist wieder Schule, und einfach so, nackt
und ungeschützt und unbemalt, mit diesem elendig ehr-
lichen Gesicht, kann sie da nicht hingehen. Sowohl ihre Eitelkeit als auch ihre Angst, die Furcht vor dem Verlust ihrer
Tarnung, verbieten es.

Also her mit dem Spiegel. Das geschliffene, gerahmte
Glas nähert sich ihrem Gesicht für ein Close-up. Liliths Pupillen weiten sich. Ihren eigenen Blick zu ertragen, fällt ihr
schwer, denn obwohl er ohne Liliths bereitwillig geöffnete
Lider nicht existieren, nicht in und auf die Welt fallen könnte, liebt er sie nicht. Kalt, ungnädig, prüfend und präzise
wie das Skalpell eines Chirurgen tastet er ihre Züge ab.

Zu wissen, dass andere ihr Gesicht mit Wohlwollen betrachten, erleichtert nichts. Im Gegenteil: Hübsch sein be-

deutet für Lilith vor allem Druck. Bei Komplimenten hört sie weg. Was ist ein Kompliment, wenn nicht eine gefällig verpackte Erwartungshaltung? Die Zeiten, da sie den Erwartungen entsprochen hat, sind unwiederbringlich vorbei.

Schönheit. Sch- wie Schicksal, -ön- wie obszön. Ein Wort wie ein Schleier, dessen Faltenwurf der Illusion schmeichelt. Raffiniertes Blendwerk. Fauler Zauber für den Augenblick. Eine Begleiterscheinung der Jugend, deren Vergehen durch nichts aufzuhalten ist, das ist Schönheit. Lilith hasst es, für etwas gelobt zu werden, für das sie nichts kann und das sie früher oder später verlieren wird.

Ihr Gesicht besteht die Blickkontrolle mit *ausreichend*. Nur der rechte Nasenflügel, auf dem sich über Nacht eine kleine Entzündung, ein winziger, mit Eiter gefüllter Hohlraum gebildet hat, erhält ein *mangelhaft*. Das muss weg!

Lilith tastet nach der Nähnadel, die für derartige Notfälle neben Ohrenstäbchen, Kompaktpuder und Kajalstift auf der Ablage bereitliegt. (Genaugenommen liegt die Nadel, damit sie nicht wegrollen kann, in einer Fliesenfuge, so dass Liliths Zeigefinger weniger tastet, als vielmehr die Fuge entlangfährt, bis er auf das Metall trifft.) In Ermangelung von Streichhölzern oder eines Feuerzeugs kramt sie die alte Flasche Franzbranntwein aus dem Fach unter dem Waschtisch, wo außerdem diverse schmerzlindernde Cremes (Dolobene, Voltaren, Sportupac) und Mullbinden lagern. Das zerfledderte Etikett der Flasche sieht aus, als hätte von Zeit zu Zeit jemand versucht, es abzupulen. In den Rillen des Schraubverschlusses sitzt klebrige Bräune. Ob die nach Kampfer, Menthol und Latschenkiefer stinkende Flüssigkeit tatsächlich jene 70 Prozent Alkohol enthält, die zur Desinfektion nötig sind, ist nicht mehr lesbar.

Nichtsdestotrotz füllt Lilith den Flaschendeckel mit dem fäulnisfarbenen Gebräu und badet die Nadel darin. Dann sticht sie zu; exekutiert das unerwünschte weiße Köpfchen, das aus ihrem Nasenflügel schaut. Drücken muss sie nicht. Der Eiter bleibt an der Nadelspitze haften und lässt sich ohne Weiteres ablösen. Was weiß war, wird rot. Die Pore spuckt jetzt Blut, nicht Talg.

Lilith entscheidet sich dafür, die winzige Wunde vorerst weitersaften zu lassen, und wendet sich anderen Aufgaben zu. Mit offenem Mund und weit aufgerissenen Augen hält sie still, während ihre rechte Hand die Unterlider mit kohlschwarzem Kajal nachzeichnet. Anschließend bürstet sie Wimpern und Augenbrauen zurecht.

»Lilith?« Der Ruf lässt sie zusammenzucken. Jemand rüttelt an der Badezimmertür. Es ist ihr Vater.

»Lilith, ich fahr jetzt!« Wenn sie mitfahren will, muss sie sich beeilen. Abpudern kann sie sich auch im Auto.

Als ihr Vater sie vor dem Gymnasium absetzt, wirft Lilith einen letzten, kritischen Blick in die Fensterscheibe eines parkenden VW Passat, wuschelt sich durch die offenen Haare und denkt, dass man das so lassen kann. Zur Not.

Spinner

In dem Moment, als aus den Lautsprechern die Tonfolge dröhnt, die am Goethe-Gymnasium anstelle einer Schulglocke den Unterricht einläutet, kommt sie um die Ecke. Sein hyperopes rechtes Auge erkennt sie schon von Weitem. Ihr Gang ist derselbe geblieben: Mit schnellen, langen Schritten, mehr marschierend als gehend, bahnt sie sich ihren Weg durch die vom Lautsprecher aufgeschreckte Schülerschar. Als Rufus Liliths zierlichen Körper auf sich zusteuern sieht, fällt ihm der T-1000 aus *Terminator II* ein.

Ein seltsamer Vergleich. Aber warum eigentlich nicht, verteidigt er seinen spontanen Einfall vor sich selbst, schließlich kennt er kein anderes menschliches Wesen, das sich so soldatisch und zugleich so fließend und federnd bewegt, wie Lilith es tut. Vielleicht besteht ihr Inneres ja tatsächlich aus flüssigem Metall. Er würde es nicht ausschließen. Zu unwirklich, zu makellos, zu schön erscheint sie ihm. Dunkle Körper absorbieren, helle streuen, denkt Rufus, und Lilith, die den straßenköterblonden Tussis seiner Stufe im Vorbeigehen den letzten Glanzrest raubt, beweist es.

Noch hat sie ihn nicht gesehen. Rufus nutzt die Gunst der Stunde, um Lilith ein weiteres Mal von Kopf bis Fuß zu mustern, erlaubt sich, gierig zu glotzen und zu starren, nur dieses eine Mal. Ihre abgewetzte Lederjacke kennt er noch von früher. Darunter trägt sie ein enges blaugrünes oder seegrünes oder petrolfarbenes – wie zum Teufel nennt sich diese Farbe? Er hat keine Ahnung – Langarmshirt mit V-Ausschnitt und eine weite, einstmals schwarze Jeans, die von einer olivgrünen Kordel an Ort und Stelle gehalten wird.

Da, wo zwischen dem Blaugrün oder Seegrün oder Petrol ihres Shirts und dem tiefsitzenden Hosenbund ein dünner Streifen Bauch hervorblitzt, bleibt sein Blick haften. Auch weiter unten, aus einem Riss über der Kniescheibe, schimmert ein Stück Haut, doch dahin kommt Rufus nicht mehr, denn jetzt steht sie vor ihm, seine Lilith, und breitet die Arme aus.

Er hat nicht damit gerechnet, dass sie ihn umarmen würde. Aus den seltenen E-Mails, die sie ihm im Lauf des vergangenen Jahres geschickt hat, konnte er lediglich den Schluss ziehen, dass er in Liliths Welt weiterhin eine Rolle spielt. Nur welche? Den Inhalt ihrer kryptischen, halb englischen, halb deutschen Texte zu entschlüsseln, war unmöglich. Mehrmaliges Lesen, die Suche nach Subjekt, Prädikat und Objekt, das Nachschlagen einer englischen Vokabel – all das half nur bedingt weiter, so dass Rufus es irgendwann aufgab, nach einem Sinn zu suchen, und sich darauf verlegte, ihre Nachrichten wie Gedichte zu lesen. Wort für Wort. Viel wichtiger als der Inhalt erschien Rufus die Tatsache, dass sie ihm überhaupt schrieb, wohingegen die anderen aus der Stufe kein einziges Lebenszeichen erhielten …

Nun also diese Umarmung. Nie hat er sich unbeholfener, nie ungeschickter und tölpelhafter gefühlt. Wohin mit seinen Händen? Darf seine Rechte wirklich da liegen, auf ihrer Taille? Die Nase dicht neben den dunklen Wellen ihres Haares, atmet er ein. Ihr Geruch rötet ihm die Ohren. Sie riecht wie – wieder will ihm nichts Galantes oder Schmeichelhaftes oder gar Poetisches einfallen. Er kann nur an das kleine Beet denken, das er als Junge mit Hilfe seiner Mutter hinterm Haus angelegt hat. Dieses schwarze, feuchte, erdige Feld, auf dem er Erdbeeren, die einzigen Früchte, die er wirklich mochte, gepflanzt hat.

Plötzlich weiß er, wonach sie riecht. Lilith duftet nach Mai. Nach erster Ernte und grellgelben Rapsfeldern und – »Das die Eizelle umgebende Gewebe sendet einen Maiglöckchenduft aus, der Spermien anlockt …«

Erschrocken lässt er Liliths Taille los. Spermienlockduft. Äcker im Mai. Hat er den Verstand verloren? Sie wird einen Spinner aus ihm machen, einen Spinner und ein Schwein. Gut, dass der Mathelehrer pünktlich ist und sich ohne große Umschweife daranmacht, die Tafel mit Zahlen vollzukritzeln. Zahlen, die den strengen Gesetzen der Logik gehorchen, die beweisbar, berechenbar und – gottlob – absolut asexuell sind.

Dummchen

Sie versteht diese Zahlen nicht. Keine einzige. Und warum nicht? Weil sie dumm ist. Dumm, dumm, dumm. Lilith zieht das Löschblatt heraus, das an der letzten Heftseite haftet wie Esspapier am Gaumen, und tränkt es mit schwarzer Tinte.

Dralles Dummchen. Dicke Dirn. Dämlichdumpfdebil. Alle dürfen sie duzen …

Das D ist einer der vier Fettwänste des Alphabets, der Bierbauchträger unter den Buchstaben, männliches Pendant zum großen B, das ein dickbusiges, überfressenes Weibchen stilisiert. *Dorfmatratze. Doofes Ding. Doppel D. Dürftig bekleidet.*

Dienstfertig, devot, dankbar!

Freilich könnten D und B ihre Formen mit etwas Disziplin in den Griff bekommen. Das O hingegen kann nur noch ein Magenband retten. Selbiges gilt für das Q, dieses O mit Gehhilfe, bei dem sich die für Adipositas-Patienten typischen Verschleißerscheinungen an den Kniegelenken zeigen. Fast hätte Lilith laut gelacht. Es wäre allerdings kein sehr fröhliches Lachen gewesen.

Drinnen nichts als Dreck. Deponie für Blut und Sperma.

Auf dem Fensterbrett sitzt eine rotäugige Taube. Ihr Kot greift die Fassade des Schulgebäudes an. Gut so.

Dämme durchbrechen.
Dutzende Dynamitstangen.
DUCK DOWN!
Dann Donnerschläge
und durchdringen

ins Freie
ins DASEIN
ins DELIRIUM.

Schleifen, Schlingen und Bögen verfilzen zu einem Dickicht aus Schrift. Lilith fährt die Buchstaben nach, wieder und wieder, bis das Blatt – gesättigt und saugunfähig – nachgibt, aufgibt, dünn wird und schließlich einreißt. Tinte sickert durch die Löcher, bekleckert das Heft. Lilith dreht das Blatt um und widmet sich seiner Rückseite.

LILITH WILL NIT.
WILL, WILL, WILL NIT!
ILL-ith.
Fool on the HILL-ith. SILLYth.
So, so SILLYth!
KILLith-KILLith-KILLith.
NO CURE, NO PILLith.
FILLith-FILLith-FILLith:
fill in the blanks/fill in the brain
filled up with pain.
DISTILLith (every drop of blood)
FULLFILLith (every single wish):
Fill her until she's STILLith.
Oh, what a THRILLith was ...

Die anderen schreiben. Schreiben, rechnen, verstehen, begreifen und werden schlauer, besser, gebildeter. Sie reifen heran zu allgemeingebildeten Mitbürgern, mündigen Wählern, wertvollen Mitgliedern der Gesellschaft; werden zu Menschen, die man braucht, die gefragt und gesucht und gern gesehen sind. Nur sie, Lilith Zerl, sie nicht. Sie sitzt hier, umzingelt von den Speerspitzen der Mittelschicht, und versteht nichts. Rein gar nichts. Selbst für einfachste

Plus-und-Minus-Aufgaben braucht sie die Finger. $4 + 3 = 7$ Dessen müsste man sich sicher sein. Ist sie aber nicht.

Am liebsten würde sie ihre Finger nicht nur anschauen, sondern anfassen, sie in Farbe tunken und Abdrücke auf einem Papier hinterlassen, vier rote und drei grüne. Aber selbst das wäre nicht unproblematisch, denn um zu einem Ergebnis zu kommen, müsste sie die roten und grünen Flecken abzählen, wobei ihr bestimmt wieder ein Fehler unterlaufen würde ... Von den Schwierigkeiten, die sie hat, wenn es über den Zehner geht, ihrer Verzweiflung, wenn ihr die Glieder ausgehen und nichts Greifbares mehr da ist, von dem quälenden Gefühl der Unsicherheit, das mit jeder Rechenübung einhergeht, ahnt keiner was. Stattdessen spricht man von Faulheit und Verweigerung. Lilith ist das nur recht, zumal faul sein und sich verweigern immerhin selbstbestimmte Handlungen sind, wohingegen ihr Defekt, ihre geistige Verkrüppelung im Bereich der Zahlen etwas Angeborenes ist, für das man sich schämen muss.

Wenn Rufus wüsste, wie dumm sie ist, hätte er sich bestimmt nicht umarmen lassen. Sie schaut auf, lässt ihren Blick wie einen Rettungswagen durch die Gasse rasen, die die Oberkörper der Mitschüler nicht ihr zuliebe, sondern rein zufällig bilden, und erreicht Rufus' rotblonden Schopf, der auf seinen von einem schwarzen Kapuzensweatshirt verhüllten Schultern schimmert wie eine von Brâncuşis Plastiken. Großartige Farbe ...

Irisierend, denkt Lilith, aber nicht wie Käferrücken oder Seifenblasen. Die Legierung über der Kapuze schillert metallisch, nicht regenbogenbunt. Vorsichtig fahren Liliths Augen durchs Verstrubbelte, kämmen mit den Wimpern die Strähnen, die aussehen, als bestünden sie aus seidenfeinen Kupfer-, Bronze- und Messingdrähten.

Könnte aber auch ein Fuchsfell sein, findet Lilith, schreibt *RUFUS-RUFUCHS* und muss dabei unwillkürlich an die vorletzte Seite der *Häschenschule* denken, auf welcher der Fuchs mit gebleckten Zähnen und gelb leuchtenden Augen aus dem Gebüsch schaut. Ihre Angst vor dem Fuchs war damals so groß, dass sie die Abbildung nicht berühren und die Seite nur am oberen Eselsohr anfassen konnte. Im Gegensatz zu den Fingern, die die buntbedruckte Oberfläche mieden, als könnte die Schnauze des Hasenhäschers jeden Moment aus dem Papier schnellen und nach ihren Kuppen schnappen, erlagen Liliths Augen dem Reiz der verschiedenen Rottöne, die den Fuchs, der einen scharlachfarbenen Mantel trug, aus dem Grün des Gebüschs hervorstechen ließen. Angezogen vom Kolorit, geriet ihr Blick in die Fänge der Figur, deren Lefzen, Reißzähne und Pupillenschlitze später in ihren Träumen wiederkehrten.

Vor dem Klassenzimmerfenster, auf dessen Brett es nach wie vor gurrt, durchbohren Sonnenstrahlen Federwolken wie Vogelabwehrspikes. Abwehren, denkt Lilith, das kann der Rufuchs ziemlich gut …

Im Unterschied zum Rotfuchs aus dem Kinderbuch, der den Häschenschülern auflauert und sie ins Gebüsch lockt, hat sich Rufus während der vergangenen acht Gymnasialjahre zu keinem Zeitpunkt für seine Mitschüler interessiert, sondern sie konsequent auf Abstand gehalten. Der Hasenhäscher mag die Langohren mit Schmeichelstimme zu sich rufen – dem Menschenhasser Rufus, dem Verneiner und Verweigerer, der auf Geschwafel aggressiv, auf Körperkontakt allergisch reagiert, käme dergleichen niemals in den Sinn. Die scharfe Zunge, die er im Mund versteckt wie ein Stilett im Futteral, wäre gar nicht fähig, süßlich zu säuseln, würde Schmeicheleien und Schmonzes auf dem

34

Weg zum Mundhöhlenausgang in die abfälligen, zynischen und spöttischen Sprachfetzen verwandeln, die Rufus' aktiven Wortschatz ausmachen.

In dem Strom aus Mitläufern, Langweilern, Lästermäulern und Lackaffen, der sich allmorgendlich zwischen den Betonwänden des Goethe-Gymnasiums staut, nachmittags durch die geöffneten Portalschleusen in den Hof und von dort aus zurück in die Käffer der Umgebung fließt, ist Rufus Lilith stets wie eine Insel, ein trockenes, vollkommen autarkes Stück Land erschienen, das sich seine Unabhängigkeit, allen Widrigkeiten zum Trotz, erhalten hat und dabei wirkt, als könne es niemals untergehen.

Die Selbstverständlichkeit, mit der sich Rufus seit Jahren seine Andersartigkeit bewahrt, erstaunt Lilith nach wie vor, zumal sie selbst zwar ebenfalls anders, aber keine Insel, keine stabile Einheit ist und in dem Stausee aus Stumpfsinn, in dem sie weder schwimmen noch treiben kann, tagtäglich um ihr Leben strampelt.

Sie hat sich darauf gefreut, ihn wiederzusehen, sich glücklich und erleichtert gefühlt, als sie ihn heute früh im Getümmel auf dem Gang entdeckte, und einen absurden Moment lang kam ihr die Strecke mit den Slalomstangen aus Schülern wie das letzte Stück Heimweg vor.

Vielleicht war es dieses Gefühl, das Gefühl des Ankommens und Heimkehrens, das Lilith ihre Angst vor einer möglichen Zurückweisung vergessen, den Bannkreis, den Rufus um sich gezogen hatte, durchbrechen und die Arme ausbreiten ließ. Dass sie und Rufus, die Zerl und der Kapp, die Unbelehrbare und der Unberührbare, noch vor wenigen Minuten tatsächlich Brust an Brust auf dem Gang standen, darüber kann Lilith nur den Kopf schütteln. Dumme Gänse sollten ihre Schwingen nicht um schlaue Füchse legen … Sie hat's trotzdem getan; hat den Selbstschutz vernachlässigt, ihrem Bedürfnis nach Nähe nachgegeben und sich wider besseres Wissen in Gefahr gebracht. Leichtsinnige Lilith. Vergessliche Versponnene. Legt ein Verhalten an den Tag, für das sie in der Vergangenheit schon tausendmal bestraft worden ist …

Kann man eine, deren Unfähigkeit zu logischem Denken so weit reicht, dass sie die empirischen Daten, die sie selbst gesammelt hat, nicht auswertet und folglich aus Erfahrung nicht klug wird, eine, die immer wieder dieselben Fehler macht, noch dumm nennen? Wer nicht aus Fehlern lernt, ist entweder schwachsinnig oder – einen nachdenklichen Augenblick lang schwebt die Füllfeder über dem besudelten blassgelben Blatt. Oder leidet an Gedächtnisschwund, denkt Lilith, während die Feder ihr Gekritzel wieder aufnimmt. Und wer ein schwindsüchtiges Gedächtnis hat, ist krank.

Der Füller fährt jetzt heftig auf und ab, bewegt seine gespaltene Spitze, als wolle er nicken und Liliths innere Stimme bestätigen, die flüsternd hinzufügt: geisteskrank. Wer geisteskrank ist, handelt unvernünftig, begeht Verrücktheiten. Wenn eine wie Lilith, die sich immer nur zum Schein schützen und verschließen kann, während sie in Wahrheit jeden Blick, jede Geste und jedes Wort wahrnimmt, ernst nimmt und anschließend monatelang mit sich herumschleppt, das Risiko eingeht, jemanden wie Rufus mit offenen Armen zu begegnen – ist das verrückt?

Das hättest du wohl gern, unterbricht Lilith die Flüsterstimme, die, zumal sie lieber verrückt als dumm, lieber wahnsinnig als dumpf, lieber irre als dämlich sein will, wieder einmal die Wahrheit verdreht und auf unzurechnungsfähig plädiert. Lügnerin, denkt Lilith, der Vogel, von dem du mir vorflunkerst, existiert nicht. Wo nichts ist, kann auch nichts piepen. Die Stimme hinter Liliths Stirn hat lediglich ihr Echo als Gesellschaft, hört keine Meise, sondern den Widerhall. Der Füller nähert sich dem unteren Löschblattrand.

NILith:
ain't got no SKILLith
SPILLith (my guts)
Too much SELF-PITTYlith – this has got to stop.

Schluss, aus, Ende. Das Dummchen revoltiert, will handeln, nicht hirnen! Entschlossen reißt Lilith dem Blatt eine noch unbeschriebene Ecke aus, verfasst, faltet und verschickt eine Nachricht. Mal sehen, ob er antwortet.

Zettel (1)

Schwarz (schreibt schräg): *Ziemlich langweilig, wenn man nichts versteht ...*

Kuli (kritzelt krakelig): *Es zu kapieren, macht's auch nicht interessanter.*

SSS: *KAPPieren – nomen est omen – o Ungerechtigkeit!*

KKK: *LILITHurgie – Kurvendiskussion ist zu profan für sie.*

SSS: *Dummheit unter dem Deckmantel des Glaubens: »Meine Religion verbietet es mir, diese Nullstelle zu berechnen!«*

KKK: *Da fällt mir ein: Religionsunterricht, sechste Klasse: Lilith Zerl erscheint im Bikini-Oberteil. Ich war schockiert.*

SSS: *Lang, lang ist's her. Bin jetzt eine brav bekleidete Bekehrte: vom Saulus zum Paulus.*

KKK: *Zum Rufus!*

SSS: *Und was bedeutet das?*

KKK: *Dass du dich nach vorne setzt und weniger Zettel schreiben musst.*

SSS: *Sein rechter, rechter Platz ist leer, da wünscht er sich die Lilith her?*

KKK: *Sozusagen.*

Shirts vs. Skins

Ein Trupp Spatzen nähert sich neugierig dem Streetball-feld. Rufus sitzt hinter der Dreierlinie und wartet: auf die Spieler, auf die Spatzen, auf Lilith. In dem Pappkarton mit der Aufschrift »Pizza Express« erkalten die Reste einer ungenießbaren Pizza Margherita. Normalerweise geht er zum Essen nach Hause, wo die Welt noch in Ordnung ist und Pizzen nach wie vor mit Mozzarella belegt werden. In Gedanken vergleicht er die schönen, schlanken Hände seiner Mutter mit den behaarten Pranken des Pizza-Ex-press-Mitarbeiters. Der Anblick der schmierigen, in einem Kübel Schweizerkäse wühlenden Stummelfinger und die lieblose, fast brutale Art des Pizza-Bäckers, die mehlweißen Teigfladen mit den verdächtig grellen Käseraspeln und al-lerlei anderen zweifelhaften Zutaten zu bewerfen, haben ihm den Appetit verdorben.

Die klebrigen Wachstischdecken, an denen seine Mitspie-ler noch immer sitzen, sind ketchuprot. Genau wie das To-matenmark und die verkalkte Seifenschale auf der Pizza-Express-Kundentoilette. Rufus wird schlecht. Mit spitzen Fingern trennt er den Rand von einer kränklich gelben Piz-zazunge. Sorgfältig zerkleinert er den Teig, formt winzige, schnabelgerechte Kugeln und lockt die Spatzen an. Tschil-pend und tschirpend hüpfen sie heran, schlucken die Köder, folgen der Krümelspur. Seine Hand muss ihnen riesig er-scheinen.

Ein Weibchen ist besonders keck. Anders als ihre Kame-raden, die ihre Scheu nur für den Moment überwinden, da der Brotgeruch ihnen den Mut zum Zuschnappen verleiht, sieht diese Spätzin offenbar keine Notwendigkeit, sich mit den Krümeln sofort an einen sicheren, außerhalb der Reichweite jener gigantischen Hand liegenden Ort zurückzuziehen. Stattdessen verzehrt sie ihre Beute direkt am Platz. Rufus wagt kaum zu atmen. Nur wenige Millimeter trennen seine Finger von den kleinen Krallen. Das Federkleid des winzigen Vogels vereint auf Rücken, Bauch, Brust und Kopf alle erdenklichen Brauntöne. Von Schwarzbraun und Graubraun über Fuchsbraun und Gelbbraun bis hin zu Kastanien-, Kaffee- und Schokoladenbraun sowie einem guten Dutzend anderer Brauns, die Rufus nicht benennen kann, fächert ihr Gefieder das gesamte Erdfarbenspektrum auf.

Vorsichtig dreht Rufus seine Hand auf den Rücken und platziert einen besonders großen Krümel oberhalb der Lebenslinie, woraufhin das geflügelte Braun fragend und forschend den Kopf schief legt und sich zwei Augenpaare treffen, deren räumliches Sehvermögen ungefähr gleich miserabel sein dürfte: das eine schwarz, glänzend und starr, das andere blau-grün-grau, flackernd und schielend.

Wer beobachtet hier wen?

Nach kurzem Zögern hüpft die Spätzin auf Rufus' Handfläche. Sein Herz begleitet das Hopsen des Vogels mit einem kleinen, freudigen Sprung. Die Freude währt nicht lange. Denn seine Mitspieler haben ihr Mahl beendet, die Zigaretten aufgeraucht, Jeans gegen Shorts getauscht und scheinen nun endlich bereit für eine Runde drei gegen drei.

Was gibts da noch zu diskutieren? Gereizt dribbelt Rufus von einem Spielfeldende zum anderen. Die Aufteilung der Teams interessiert ihn nicht. Spielen sowieso alle gleich beschissen, denkt er und wirft einen ärgerlichen Blick auf die Schuluhr. Bis zum Beginn des Nachmittagsunterrichts bleiben noch dreißig Minuten, und wenn die Deppen sich nicht bald einigen …

Da taucht Lilith auf. Nicht nur Rufus, auch die diskutierenden Deppen sehen sie. Die hirnverbrannte Entscheidung, »Shirts gegen Skins« zu spielen, hängt zweifelsohne mit ihrem Erscheinen am Spielfeldrand zusammen.

Rufus hasst »Shirts gegen Skins«, findet es widerlich, gegen einen halbnackten, schweißtriefenden, stinkenden Mann verteidigen zu müssen. Für die Manie, sich bei jeder Gelegenheit zu entblößen und mit freiem Oberkörper herumzustolzieren, hat er keinerlei Verständnis. Lächerliches Balzverhalten. Doch seine Einwände kommen zu spät. Die ersten beiden haben sich bereits ausgezogen und bemühen sich um einen natürlichen Gesichtsausdruck, während sie mit aller Kraft die Bauchmuskeln anspannen. Immerhin täuscht heute keiner einen Hustenanfall vor. (Die ruckartige Verkrampfung der Rumpfpartie, die mit dem Husten einhergeht, bringt die mühsam aufgebaute Muskulatur besonders gut zur Geltung, weswegen in den Umkleidekabinen zuweilen der Eindruck entsteht, man befände sich in einem Quarantänelager für Tuberkulosekranke.)

Der Anblick der bemüht eingezogenen Bäuche entlockt Rufus ein kurzes, böses Lachen und verbreitert seinen Mund zu einem hämischen, vielzähnigen Grinsen. Dann erfährt er, dass er den »Skins« zugeteilt wurde. Sein Hohngelächter verstummt. Eine Grimasse des Ekels verdrängt das Grinsen. Um seine Augen liegen keine Fältchen mehr. Abrupt kehrt er den Mitspielern den Rücken zu und lässt seinen Frust am Ball aus, prellt ihn so hart er kann. Er will sich nicht ausziehen.

Am liebsten würde er seine Sachen zusammenpacken und abhauen. Allerdings hätte er sich dann umsonst mit dem

Pizza-Express-Fraß vergiftet, nichts als Zeit und Geld verschwendet und eine gute Gelegenheit verpasst, sein Spiel zu verbessern. Fluchend zieht er sich das T-Shirt über den Kopf.

Skindeep

Letzte Reste Konzentrations- und Willenskraft koordinieren die Feinmotorik ihrer rechten Hand. Sie reißt das Röhrchen vom Tetrapak, nestelt es aus seiner Zellophanhülle und stößt es, mit der angespitzten Seite voran, durch die silberne Schutzfolie hinab und hinein ins Trinkhalmloch, treffsicher wie ein alter Junkie, der die Vene auch im affigsten Zustand findet. Der Strohhalm füllt sich mit 11,4 % Apfel, 3,9 % Orange und 5,7 % Zitrone; mit Wasser, Zucker und Glukose-Fructose-Sirup; mit Fruchtsaftgetränk; mit *Durstlöscher*, einer Lösung, einem Mittel, einer Hilfe gegen Unterzucker. Sie schließt die Augen und saugt.

Flüssignahrung ist schnell, flutscht durch Speiseröhre, Magen und Darm wie Slotcars über Carrerabahnen.

Das Beste, das Schönste und Schrecklichste, die Endstufen, Endprodukte und Endlösungen, die Endzeit, die Reinheit und der helle Wahn, all das ist immer weiß, denkt sie und genießt die Diashow, die ihr Gehirn, als Zeichen der Dankbarkeit für die soeben erhaltene Dosis Traubenzucker, vor ihrem inneren Auge ablaufen lässt: ein tiefhängender Himmel, in dessen Zuckerwattewolken Nadelbaumwipfel stecken wie spitze, grüne Zähne. Gleißender Schnee, aus dem schroffe Felsen aufragen wie Mandelsplitter aus weißer Schokolade. Das Schüttbild aus Sternen, das die Milchstraße ist. Kunstvoll gespritzte Baisers. Bergkristallgewächse. Feinporige Schaumkronen. Der Wellensaum des Meeres. Ein Häuflein Hagelzucker, wo vormals ringförmige Kaffeekekse lagen. Koks in kleinen Päckchen. Salzwüsten. Eine Kuh am Leckstein. Die Halbmonde auf den

Fingernägeln der Bikini-Schönheit, die über den Sandstrand tanzt und Batida de Côco trinkt. Unschuldige Madonnen-lilien ohne Stempel und Staubfäden. Kleiderstangen, an denen Arztkittel, Zwangsjacken und die Kutten der Kar-täusermönche hängen. Meissener Porzellanscherben. Der Elfenbeinschmuck einer Kolonialherrin ... Schluss jetzt. Genug geschwelgt!

Lilith klappt die Lider hoch. Der Streetballplatz ist grau. Hoffnungslos grau. Sie kennt diesen Farbton genau, dieses Grauen, das eigentlich kein äußerliches, sondern ein ihr in-nerliches Phänomen ist, ein Stimmungssmog, der die Fens-terfront ihrer Augen mit einem rußigen Film überzieht und ihr die Sicht vermiest. Sie gestattet sich ein kleines Seufzen, bereut es jedoch sogleich. Lamentier-Lilith. Launenhafte Lusche. Memmt rum, wo sich vor ihrer Nase ein Rudel halbnackter junger Männer um einen Ball balgt, seufzt selbstmitleidig, wo sich ihr Schönheit, Lebendigkeit und Jugendlichkeit doch geradezu aufdrängen. Weinerliches Weibsstück.

Reiß dich gefälligst zusammen!

Lilith mischt ihren Blick unter die Spielenden, streift de-ren Kleidung, tastet ihre Körper von oben bis unten ab. Der Erwerb der Fahrerlaubnis hat bei einigen den Kör-perfettanteil drastisch erhöht. Schwammig sehen sie aus, und der Speck über den Gummizügen der Basketballshorts wirft in Lilith die Frage auf, warum Männer und Frauen sich nicht gleichzeitig entwickeln, sondern zeitversetzt erwachsen werden müssen. Kaum dass die Mädchen jene barocke Formenvielfalt, die ihnen die Pubertät beschert, einigermaßen im Griff haben, stellen die Jungs ihr Längen-wachstum ein und vergrößern fortan nur noch ihren Bauch-umfang. Natürlich gibt es Ausnahmen. Sportbesessene, Gesundheitsfreaks, Glückliche mit außergewöhnlich guten Genen und schnellem Stoffwechsel.

Inzwischen sind Liliths Augen bei Rufus angekommen, dessen Körper definitiv zu den Ausnahmeerscheinungen zählt. Es ist das erste Mal, dass sie ihn ohne T-Shirt sieht. Dabei fallen ihr die wilden Spekulationen und Gerüchte ein, die jedes Jahr von Neuem aufkamen, pünktlich zur Freibadsaison. Um den merkwürdigen Umstand zu erklären, dass Rufus zwar ins Freibad ging, sich jedoch niemals auszog oder sich den Becken näherte, wurden die abenteuerlichsten Thesen aufgestellt. Von »sein Vater schlägt ihn mit dem Gürtel« über eine angebliche »dritte Brustwarze« bis hin zu der vergleichsweise langweiligen Vermutung, er könne nicht schwimmen, wisperte man sich alles Mögliche (und Unmögliche) in die chlorwasserverstopften Ohren. Dass Rufus sich ausschließlich für den etwas abseits gelegenen Basketballkorb und die dort anzutreffenden Spieler interessierte, daran wollte niemand glauben.

Lilith staunt also doppelt: zum einen über die Tatsache, *dass* sie etwas sieht, zum anderen darüber, *was* sie sieht. Die Empfindung, die Rufus' Oberkörper in ihr auslöst, gleicht dem freudigen Gefühl, wenn man beim Memory-Spiel unverhofft ein Pärchen aufdeckt. Hinsehen, offenlegen und abgleichen erfolgen fast simultan.

Ihr Bildgedächtnis zeigt Lilith das passende Kärtchen: Es ist der heilige Sebastian. Die Ähnlichkeit zwischen dem Andachts- und dem Livebild verblüfft. Gesichter und Haarfarben mögen sich unterscheiden, doch halsabwärts gleichen sich der zerzauste, rotblonde Rufus und Botticellis braungelockter Heiliger wie ein Ei dem anderen. Nur schade, dass Rufus' Standbein und Spielbein viel zu sehr mit Springen und Laufen beschäftigt sind, um im Kontrapost am Metallpfahl des Basketballkorbs zu posieren. Auch macht er keinerlei Anstalten, seine fangenden, werfenden und prellenden Arme hinter dem Rücken zu verschränken. Sein Attribut ist der Ball, kein Pfeil in der Brust.

Entzückt von ihrer Entdeckung, kramt Lilith in ihrem Gedächtnis nach weiteren Fakten, sucht nach Daten, Schlagwörtern und Satzfetzen, nach gespeicherten Informationen zu Märtyrer und Malerei. Bartloser Jüngling ... Schutzheiliger gegen die Pest ... Patron der Sterbenden ... Schönheit und Heiligkeit ... Bindeglied zwischen der irdischen und der himmlischen Welt ... 1473 ... Sie hat das Bild gesehen. Damals, mit Großvater.

Botticelli klingt wie Stracciatella, hat Lilith ihm zugeraunt und musste dabei an die raffiniert gefältelten Viennetta-Eistorten denken, an Schwünge und Schlaufen aus Vanille, die so kunstvoll an- und übereinander liegen wie die Haarsträhnen auf dem Porträt der Florentinerin Simonetta Vespucci ...

Der Heilige auf dem Holzträger war eine von Wärtern bewachte, vielfarbige Fläche, die man nicht berühren durfte. Ihn außerhalb der Museumsmauern anzutreffen, schien ausgeschlossen – bis jetzt. Denn jetzt sieht sie ihn wieder, gewachsen wie gemalt, in einer Farbe aus Fleisch und Blut.

Die altbekannte, nervtötende Tonfolge, dieses misslungene Elektro-Cover eines Glockenklangs, dröhnt aus den Lautsprechern und beendet das Spiel. Rufus stürzt sich auf sein T-Shirt wie ein Adler auf seine Beute. Er hat Kunst abgewählt. Wer Sandro Botticelli war, weiß er nicht. Niemals hätte er zwischen sich und dem Gemälde eine Parallele gezogen. Er hat keine Ahnung, wie er aussieht, denkt Lilith. Und vielleicht ist das das Schönste an ihm.

»Wenn du lange genug an einem Fluss wartest,
schwimmen die Leichen deiner Feinde
an dir vorbei.«

Rufus liegt in seinem Schlafsack und zweifelt an dem Wahr-
heitsgehalt dieser chinesischen Volksweisheit. Denn in all
den Jahren, in denen sich seine Taktik im Wesentlichen
auf Warten beschränkte, hat sich die Zahl seiner Feinde eher erhöht als vermindert, und die Wahrscheinlichkeit,
dass morgen früh die Leichen des Polen und des Jugoslawen, mit denen sich Lilith draußen herumtreibt, in der Ar-
gen schwimmen werden, geht gegen null.

Vor dem Fenster der kleinen, hölzernen Herberge: die
Moränenlandschaft. Sanft geschwungene Hügel und in Mul-
den zurückgebliebene, kristallklare Seen, in denen sich silb-
rig die Gestirne spiegeln.

Der Mann im Mond ist wie alle Männer: ein Scheißkerl.
Ein Verräter, der Rufus in den Rücken fällt und für roman-
tische Beleuchtung sorgt, während der Jugoslawe seinen
Arm um Lilith legt. Drecksjugoslawe. Oder Albaner? Bos-
nier? Serbe? Rufus' Gedanken überqueren die Alpen, erreichen die Ostküste der Adria und ziehen weiter gen Süden.
Europa aus der Vogelperspektive zu betrachten, lenkt ab.
Er stellt sich die Länder vor, klar umrissen und farblich voneinander abgegrenzt wie auf einer politischen Karte. Slowe-
nien, Kroatien, Bosnien-Herzegowina, Montenegro, Ma-
kedonien, Serbien, Kosovo … Kosovokrieg …

Krieg – den kann er haben, der Jugoslawe! Das Verhalten
des Südosteuropäers kann definitiv nicht mehr als neutral
gelten. Er gehört jetzt dem feindlichen Block an. Ob auch

der rattengesichtige Pole zum Feind übergelaufen ist? Hat er wirklich nichts anderes im Sinn, als möglichst schnell möglichst viel Wodka zu kippen, um sich fröhlich, ausgelassen und schließlich besinnungslos zu saufen? Wohl kaum.

Rufus denkt an den Nachmittag. An die Schäkereien und die unzähligen, scheinbar zufälligen Berührungen, mit denen sich der schwarzäugige Jugoslawe Lilith aufgedrängt hat. Es war nicht seine Lilith, die sich da begeifern und begrapschen ließ. Es war eine Fremde. Eine Fremde mit Flirtgesicht.

Das Flirtgesicht. Lilith kann es auf- und absetzen wie eine Karnevalsmaske. Die quälende Hilflosigkeit, die verzweifelte Ohnmacht, die ihn dieses Gesicht spüren lässt, ist unerträglich. Denn wenn Lilith sich mit Wimpernklimpern und vollen Lippen tarnt, rückt sie von ihm ab, geht auf Distanz, wird unnahbar und unerreichbar. Wohin geht sie, wohin seilt sie sich ab, wenn sie auf Autopilot schaltet und nur noch Hülle ist? Wohin flieht sie und wovor? Weder Liliths Angst vor der Langeweile noch ihre Abenteuerlust liefern plausible Erklärungen für ihre Eskapaden. Es muss noch etwas anderes geben. Etwas, das so tief sitzt, dass Rufus es nicht sehen kann, nur fühlen.

Fühlen. Das wollte er eigentlich nie. Man kann den Tag auch ohne Gefühle einigermaßen sinnvoll gestalten, vernünftig zur Schule gehen, diszipliniert Basketball spielen, kaltblütig Körbe werfen, nüchtern Bücher lesen … Sich einzureden, man erwarte vom Leben nichts weiter als klare Nächte und einfache Klausuren, man wolle lediglich Sterne gucken und gute Noten, um irgendwann die Koffer packen zu können und für immer aus diesem Kaff zu verschwinden (möglichst an einen Ort mit weniger Dummschwätzern und Lichtverschmutzung), funktioniert so lange, bis man sein Herz verliert und sich die Illusion, vollkommen autark zu sein, verflüchtigt.

Sein Herz verlieren. Pah. Lächerlicher, schmalziger Schwachsinn. Er hat sein Herz nicht *verloren*, im Gegenteil: Es pumpt, klopft, schlägt und hämmert lauter und lebendiger denn je, ist voller Tatendrang. Aber anstatt aufzuspringen, den Jugoslawen im See zu ertränken und mit Lilith auf und davon zu laufen, liegt er reglos auf der staubigen Matratze, ein feiger Wurm, der sich zusammenkrümmt. Seine alte Rolle hindert und hemmt ihn. Der Part des Unbeteiligten, Gleichgültigen, Desinteressierten fesselt seine Beine wie dieser Schlafsack.

Es gibt kein Ich mit Reißverschluss, das man aufzippen, abstreifen und zusammenrollen kann, um bei Bedarf wieder hineinzuschlüpfen. Will man raus, muss man es sprengen. Aber wie? Soll er sich auch vollaufen lassen? Sich mit den Dummschwätzern verbrüdern, um in Liliths Nähe zu sein? Ihr durch die Nacht folgen und wie ein Idiot danebenstehen, wenn ein anderer den Arm um sie legt?

Scheiße.

Gegen Morgen kündigt das Knarzen der Dielen die Rückkehr der Trink- und Feierwütigen an. Liliths Silhouette schwankt durch die Reihen der Schlafenden und sinkt an Rufus' Seite nieder.

»Na, wie wars?«, fragt Rufus, während Lilith vergeblich am Reißverschluss ihres Schlafsacks herumzerrt.

»Verdammtes Scheißding … Wie solls schon gewesen sein? Alles wie immer«, sagt sie, und dem Geräusch nach hat sie den Reißverschluss nun endgültig ruiniert.

»Langweilig«, murmelt sie noch, bevor sie sich zur Wand

dreht und Rufus mit dem unguten Gefühl zurücklässt, nicht etwa belogen, sondern geschont zu werden.

»Warten vexiert«

Feuchte, glitschige Planken ragen in den See, strecken die hölzernen Glieder sehnsüchtig nach dem gegenüberliegenden Ufer aus, erreichen es nie und vermodern verzweifelt.

Wann treffen die drei zusammen?

Um Mitternacht. Am Steg.

Lilith liegt auf dem Rücken und atmet ein Gemisch aus Aftershave, Players Zigaretten und fauligem Holz. Ein zartes Gewebe aus Wolkenbändern verhüllt den Mond, dessen Strahlen durch den hellen Schleier bricht wie das Lächeln einer jungen Braut. Blau, grün, gelb und rot leuchtet die Korona, jene lichte Zierde, mit der sich der Nachthimmel schmückt.

So könnte man es sehen, verklären, beschönigen, denkt Lilith. In Wahrheit macht ihr jedoch nicht der Mond, sondern der Jugoslawe den Hof, während sie mal wieder einen in der Krone hat. Das ist die Realität. Der ätzende Ist-Zustand. Wie eine Leiche liegt Lilith auf dem Steg, aufgebahrt zwischen Männern und Flaschen. Ein Joint macht die Runde. Schon greift eine Hand nach ihrem Schenkel. Sie träumt sich weg. Fort von hier. Lenkt ihre Gedanken ins Innere, wo es singt und klingt und alte Hörspielkassetten laufen. Balladen für Kinder. Sie kannte sie alle auswendig. Rezitierte Theodor Fontane fehlerfrei, zur Freude der Eltern.

Noch mehr Hände. Finger von links, von rechts, von überall her.

Was soll das werden? Ringelreihn?

Warum brechen die morschen Pfeiler nicht?

Die Bahre muss in den Grund hinein!

Sie würde nicht atmen. Würde sich sinken lassen, sinken und ertrinken mit diesem Steg, der gerne ein Floß gewesen wäre, der reisen wollte und doch nichts vermochte, als still-zustehen, wie gelähmt, an einem Gewässer ohne Strömung.

Noch ein Zug.

Muss mit. Muss mit.

Die Zunge des Jugoslawen in Liliths Mund. Wo ist die Aufregung? Wo das kleine Glück? Das gewohnte, grimmi-ge Gefühl der Genugtuung, das mit den Eroberungen, dem Begehrt-Werden, den Affären und Abenteuern einherge-hen sollte, bleibt aus.

Sie schnippt die Zigarette in den See, beobachtet den Sturzflug des Filters, der mit rauchendem Heck auf die Was-seroberfläche zurast. Kaum dass er aufprallt, erlischt sein rotes Licht.

Auf dem Rückweg zerschmettert Lilith die leere Wodka-flasche an einem Laternenpfahl, woraufhin ihre osteuro-päischen Begleiter ihr Bier exen und den Randstein mit Wurfgeschossen aus Braunglas bombardieren. Ein Klirren. Gläserne Blasen platzen auf. Es regnet Quarz. Das Bersten und Brechen, Glitzern und Funkeln bessern Liliths Laune, bringen sie zum Lachen. Sie springt auf die Motorhaube ei-nes parkenden Autos. Kreischend und kichernd, kurz da-vor, sich in die Hose zu pinkeln, lallt sie einen Vers.

»Tand, Tand ist das Gebilde von Menschenhand ...«

Und da sie nichts mehr zum Zerschlagen hat, tritt sie den Blinker ein.

Dann Herberge, hinlegen, herumwälzen im Schlafsack und Rufus, der eine Frage stellt, an die sie sich anderntags nicht mehr erinnern wird. Ein bisschen schlafen oder zu-mindest still liegen, bis die Sonne ihre Strahlenpfeile durchs

Fenster schießt, sie ins Gesicht trifft und das Schwarz hinter Liliths Lidern in ein rötliches Glühen verwandelt.

Die Augen zu öffnen war ein Fehler. Schon das erste Blinzeln, das erste Fünkchen Licht, pfählt Liliths Schädel, rammt sich in ihre Schläfen wie eine goldene Lanze. Aber sie hat nun mal keine Wahl: Wenn sie im Rucksack wühlen und den kleinen weißen Durchdrückstreifen finden will, muss sie die Sehlöcher freilegen.

Mit dem glänzenden, unterseitig türkisgrün versiegelten Streifen in der Hand, macht sie sich auf den Weg zum Waschraum. Die Hälfte der kreisrunden Druckknöpfe aus Kunststoff ist bereits eingedellt, ausgedrückt, leer. Vier gewinnt, denkt Lilith und lässt ihren Daumen viermal 500 Milligramm Acetylsalicylsäure aus der Packung pressen. Dass sie sich zum Trinken über den Wasserhahn beugen muss, erschwert und verlangsamt die Einnahme, zumal die Tabletten in die entgegengesetzte Richtung rutschen sollen, hinunter, hinab und hinein in den Körper. Lilith legt den Kopf in den Nacken, wartet, bis sich der Tablettenkloß in ihrem Hals löst und gen Magen wandert. Das Heilsversprechen in ihrem Bauch macht ihr Mut, verwandelt die hilflos leidende Schmerzensfrau in eine Aspirantin auf Erlösung. Irgendwie wird sie auch diesen Tag überstehen, den letzten des sogenannten Orientierungsseminars.

Warum Lilith, um »sich zu orientieren«, ins Allgäu fahren und gemeinsam mit den anderen katholischen Abiturientinnen und Abiturienten an diesem Seminar teilnehmen muss, während die Protestanten, Nicht-Christen und Konfessionslosen zu Hause bleiben dürfen und ohne Orientierungshilfe in die Zukunft entlassen werden, darüber ließe sich wohl spekulieren, aber dafür sind sie nicht hier. Stattdessen sollen sie »Ziele formulieren« und darüber nachdenken, wie sie »die eigenen Fähigkeiten weiterentwickeln« und »zum Wohle der Gesellschaft« einsetzen könnten. Doch damit nicht genug. Die fast schon Hochschulreifen erhalten die Anweisung, »kreativ« zu werden, müssen Zeitschriften zerschneiden und bunte Collagen basteln, einen farbenfrohen, hochglänzenden »Ausblick« zusammenkleben, die »Zukunft verbildlichen«. Ein anderer Arbeitsauftrag verlangt, *Brigitte*, *Stern* und *Spiegel* nach Bildmaterial abzusuchen, das »den eigenen Charakter symbolisch darzustellen vermag«.

Lilith findet nichts Passendes. Aus einem Reisebericht schneidet sie schließlich einen der typischen Londoner Doppeldeckerbusse, kombiniert das Fahrzeug mit Wolfgang Schäuble und kritzelt einen Satz dazu: *Dies ist der feuerrote Bus, der mich vielleicht schon morgen überfahren und zum Krüppel machen wird, weswegen ich das Schmieden von Zukunftsplänen für sinnlos halte.*

Auf das Einzelgespräch, das ihr die Religionslehrerin anschließend aufzwingt, hätte sie gerne verzichtet.

Das Aspirin hat früher besser geholfen. Inzwischen macht es die Stiche, mit denen der Schmerz Liliths Schläfen malträtiert, allenfalls stumpfer, nicht aber erträglicher. Hämisch hell, geradezu perfide, leuchtet das Gelbgrün der Wiese, auf der die Orientierungssuchenden einen Kreis bilden.

Lilith sitzt zwischen Rufus und dem rattengesichtigen Polen. Die durchdringenden Blicke, die ihr der Jugoslawe zuwirft, ignoriert sie. Gestern war gestern, heute ist heute, einmal ist keinmal. Hoffentlich kann der Jugoslawe schweigen. Rufus soll von dieser Sache nichts erfahren. Er könnte das missverstehen, ihrem Tun unnötig Bedeutung beimessen. Ihre Handlungen bedeuten nichts. Gar nichts. Sind Leichtsinnsfehler, Kurzschlüsse, die ihren Verstand ausfallen lassen, Fehltritte im Dunkeln.

Die Religionslehrerin verteilt Karteikärtchen, auf denen festgehalten werden soll, was »der Sinn des Lebens« ist. Verzweifelt starrt Lilith auf die linierte Pappe, bohrt ihre Augen ins Blassgelb, als könnte ihr Blick die Antwort aus dem Papier schürfen. Doch wo nichts ist, kann auch nichts freigelegt werden, und ihre Suche nach tieferen Einsichten verläuft erfolglos. Der gepresste Werkstoff enthält keine Perle der Weisheit. Das Einzige, was ihr einfällt, ist das Intro eines Rap-Songs.

»to live is to suffer
but to survive
well that's to find meaning in the suffering«,

schreibt sie, wohlwissend, dass sie das unmöglich so stehenlassen kann. Es ist zu nah an ihrer Wahrheit. Abgesehen davon, könnte es durchaus sein, dass auch die anderen diesen Song kennen.

Also durchstreichen.

Vielleicht ist es Zufall, dass Rufus' und Liliths Karteikärtchen am Ende nebeneinanderliegen, er rechts, sie links, er Kugelschreiber, sie Tinte. Vielleicht aber auch nicht. Auf dem rechten Kärtchen steht nur ein einziges, krakeliges Wort: *durchkommen.* Das linke wird von dicken schwarzen Zensurbalken beherrscht, die einen kurzen, in Druckbuchstaben geschriebenen Satz an den Rand des Papiers drängen: *Ausweg finden und gehen,* steht dort. Das *Aus* wurde im Nachhinein geschwärzt, ist aber noch lesbar.

I

Ein Alzheimer-Patient soll keine Maschinen bedienen. Er wird mit diesen nur Unheil anrichten. Meinem Großvater wurden daher sowohl seine Schreib- als auch seine Fahrmaschine entzogen. Freiwillig hätte er weder die eine noch die andere aufgegeben. Aber darauf konnte man „im Interesse der allgemeinen Verkehrssicherheit" und „zu seinem Selbstschutz" keine Rücksicht nehmen. Nach und nach wurde ihm alles entrissen, was ihm lieb und teuer gewesen war, seine Habe verkauft, verschenkt oder weggeworfen. Infolgedessen wurde ich Besitzerin eines 190er Mercedes und einer elektrischen Schreibmaschine.

Von der Zwangsenteignung meines Großvaters zu profitieren und somit zur Nutznießerin seiner Hirnatrophie zu werden, schmälerte meine Freude an dem neuen Eigentum beträchtlich. Um mein Gewissen zu beruhigen, redete ich mir ein, seine Sachen hätten es bei mir besser als anderswo, denn im Gegensatz zu einem Fremden könne ich immerhin versuchen, beide Maschinen „in seinem Sinn" zu nutzen. Nach seinem Vorbild und Gusto Auto zu fahren, war dabei eindeutig die leichtere Übung.

Mein Großvater fuhr leidenschaftlich gern. Seine impulsive Art äußerte sich in einem Fahrstil, der die Passagiere auf Beifahrer- und Rücksitz oftmals zu Tode ängstigte. Man kann

ihn getrost als Raser, Drängler und Verkehrs-
rowdy bezeichnen, auch wenn man über die Toten
eigentlich nichts Schlechtes sagen soll. Zum
Langsam-Fahren konnte meine Großmutter ihn
nur bewegen, indem sie sich abschnallte und wiederholt darauf hinwies, dass sie zum Krüppel
werden würde, wenn jetzt ein Unfall geschähe.
Mit trotzig vor der Brust verschränkten Armen
entwarf sie ein düsteres Szenario, ein Klagelied,
dessen Refrain „Dann sitz ich eben im Rollstuhl"
lautete. Mehr als ein kurzzeitiges Ablassen vom
Gaspedal und ein paar wenige entschleunigte Kilometer erwirkte ihre dramatische Performance
jedoch selten.

Im großväterlichen Stil Auto zu fahren, ge-
lingt mir mühelos – zumal mir „verantwortungs-
loses Verhalten" noch nie schwerfiel. Die
Schreibmaschine in seinem Sinn zu benützen, be-
reitet mir dagegen weitaus größere Schwierigkeiten. Denn Schreiben ist kein körperlicher
Akt, den man sich abschauen und nachahmen
kann, sondern das Ergebnis eines Denkprozesses,
der sich weder erlernen noch imitieren lässt.

Ich kann mich in Großvaters Pullover und Anzughose vor die Schreibmaschine stellen, in die
Tasten hauen und Klappergeräusche erzeugen;
tragen, was er getragen hat, berühren, was er
berührt hat, und werde doch nichts zustande
bringen, was seinem Schaffen ähnlich wäre. Niemals werde ich denken, fühlen, schreiben wie er.
Seine Gedichte waren die Produkte einer phan-
tastischen Kraft, die durch sein Hirn und bis

in seine Finger floss. Unmöglich, davon etwas abzuzapfen. Ausgeschlossen, einen Zubringer zu seinen Nervenbahnen zu bauen. Vorstellungskraft ist nicht übertragbar.

Oder doch?

Wenn sie sich weiterleiten ließe wie Strom, könnte ich meinen Großvater bei der Hand nehmen und mich an sein Netz anschließen. Aber wohin dann mit meinen eigenen Gedanken, Erfahrungen und Vorstellungen? Mein Hirn hat nicht ausreichend Kapazitäten für zwei Gedankenwelten. Die Möglichkeit einer friedlichen Koexistenz halte ich für ausgeschlossen. Um die Gedichte meines Großvaters schreiben zu können, müsste ich Platz schaffen, mein Ich komprimieren, es in den Hintergrund drängen und dafür sorgen, dass die Impulse, die es aussendet, schwächer und seltener werden. Damit dem großväterlichen Gedankengut nichts im Weg steht, müsste ich mich selbst vergessen, auslöschen, abschaffen – was durchaus reizvoll wäre, denn mein Großvater war großartig, wohingegen ich vor allem durch meine Mängel auffalle.

Mein Denken durch das seine zu ersetzen, würde mir weit mehr ermöglichen, als nur Gedichte zu schreiben. Mit einem Mal wäre ich ein hervorragender Schachspieler, jemand, der komplizierte Rechenaufgaben im Kopf löst. Ich hätte eine Ausbildung zum Kaufmann absolviert, könnte Dutzende Kaffeesorten am Geruch erkennen, wäre bis nach Moskau marschiert, hätte im Schützengraben Porträts gezeichnet und Briefe nach Hause geschickt („Liebe Mutter. Ich lebe noch. Dein Herbert"). Ich könnte klettern wie eine Katze und meiner Enkelin rubinrote Ohrhänger aus der Kirschbaumkrone pflücken. Ich wäre Junge, Lehrling, Geselle, dann Dichter, Soldat und Heimkehrer, später Ehemann, Vater, Großvater und schließlich Alzheimer-Patient. Krank. Gezwungen, die ganze Fülle meines Lebens, alles, was ich war und bin, zu vergessen, und es bliebe mir nichts anderes übrig, als zu jenem Ich, das ich verdrängen, auslöschen und abschalten wollte, zurückzukehren, wodurch mir immerhin die Zwangsenteignung und der Verlust von Auto und Schreibmaschine erspart blieben. Letzten Endes lande ich immer bei mir und meinen beschränkten Möglichkeiten, muss das festhalten, was mir widerfährt, und das beschreiben, was ich sehe.

Manchmal bin ich froh, dass Großvater meine Aufzeichnungen nicht mehr lesen, sie nicht belanglos finden kann. In seinen Gedichten markierte jedes Wort den Kulminationspunkt eines Gefühls. Ich will daher versuchen, nur dann zu schreiben, wenn die Intensität meiner inneren Bilder mich dazu zwingt, mich nötigt, es unumgänglich macht. Nur was mich versengt, soll Sätze hinterlassen. Auf dass die Lettern aufflammen wie Streichhölzer und mein Text eine Brandspur sei.

Elterliche O-Töne (1)

»Nein, das kann man *nicht* so lassen!«

»Da hat er recht, Lilith. Wenn sich der Rost einmal rein-frisst, dann –«

»Bis aufs Blech geht das runter!«

»Ich ruf gleich mal beim Sutter an, vielleicht ist er noch in der Werkstatt.«

»Die Stoßstange wird er auch auswechseln müssen … Mann, Mann … Aber der Vater zahlts ja … Mit dem kann mans ja machen …«

»Wie ist das überhaupt passiert?«

»Lilith, ich *erwarte*, dass du dich an die Verkehrsregeln hältst!«

»Ich werd noch wahnsinnig von dem Geklapper!«

»Wir sollten ihr einen Laptop kaufen.«

Tief unten

Spätsommer. Oder Frühherbst? Egal. Wichtig ist nur, dass es noch warm ist. Warm genug, um auf den Stufen vor der Haustür zu sitzen und auf Lilith zu warten, die Augen zusammengekniffen gegen die Strahlen der untergehenden Sonne, die alles erglühen lässt.

Das Abendlicht kündigt Lilith an wie Adventskerzen die längste Nacht. Bei ihrer Ankunft pustet der Wind die letzten Wolken aus, verwandelt sie in rauchfarbene Schwaden, die den Himmel verrußen.

Wenn der Benz in der Werkstatt ist, fährt sie mit dem Fahrrad ihrer Mutter, was Rufus immer wieder aufs Neue erheitert, denn es kann keinen größeren Widerspruch, nichts Paradoxeres geben als Lilith auf einem »Greenpeace«-Fahrrad, ihre Beine in der Nachbarschaft von Regenbögen auf grünem Grund, ihr Körper über pinkfarbenen Aufklebern, die für »Fairständnis« und »Keine Macht den Drogen« werben. Er schüttelt den Kopf. Lilith ist vieles, doch wenn sie eines nicht ist, dann »Grüner Friede«.

Endlich ist sie da, lässt das Rad achtlos ins Gras fallen, es einfach umkippen wie eine Requisite, die sie nicht mehr braucht, lächelt ihn an und folgt ihm ins Haus. Über acht hölzerne Stufen führt Rufus Lilith hinab in die Tiefe, wo schlaffe Hemden baumeln, Erhängte an Wäschestricken, wo man das Gras durch spinnwebenverkleisterte Lichtschächte von unten sieht und lediglich die fruchtig roten Einmachgläser an die Existenz einer Oberwelt erinnern. Am Fuß der Treppe wartet kalte, gefliese Glätte darauf, sich durch Liliths dünne Strümpfe zu fressen. Besorgt um ihre Sohlen, treibt er sie zur Eile an. Außerdem hat er was gehört: Elternstimmen, irgendwo über ihren Köpfen. Also los, schnell, schnell, bevor jemand Fragen stellt!

Er mag es, zu sehen, wie sie flieht; leicht und flink, als zweifelte sie an der Tragfähigkeit der weißen Kacheln, die den Boden überziehen wie Packeis, Scholle an Scholle, so weit der Keller reicht. Gemeinsam, fast nebeneinander, fast Hand in Hand, passieren sie die Regale, die an den Wänden Spalier stehen. Dann endet der Gang, und das Kacheleis verschwindet unter einem Teppichboden, dessen Farbe an schmutziges Streusalz erinnert. Sie sind da. Rufus' Reich, in dem die Sonne weder auf- noch untergeht, wo weder Nachtigall noch Lerche singen, empfängt sie. Die Einrichtung der Unterwelt besteht aus zusammengewürfelten Möbelstücken zweiter Hand. Schön ist es nicht, dieses Kellerloch, dessen feuchtes Klima Rufus jeden Muskelkater als Vorzeichen rheumatischer Beschwerden deuten lässt, dafür aber pollen-, störungs- und hitzefrei. Weder Allergien noch Eltern machen hier Beschwerden. Der Keller ist ein Ort der Stille, an dem man ungestört Lärm machen kann.

Wenn Lilith auf einem der wackeligen Stühle Platz nimmt und die Füße auf die Heizung legt, muss er stets an Hades denken, der seine geliebte Persephone nie lange bei sich behalten darf. Rufus weiß, wie das ist. Denn auch Lilith bleibt nicht ewig. Wenn der Morgen graut, schwingt sie sich aufs Rad und fährt nach Hause. Aber noch ist nicht Morgen. Noch ist Nacht.

Sie haben das blaue Sofa vor die Tür geschoben wie einen kunstledernen Riegel, den Ausgang verrammelt, sich abgeschottet. Hier kommt keiner mehr rein, so viel ist sicher. In der Gewissheit, zu zweit allein zu sein, abgekapselt in der Kellerzelle, die Welt außen vor, rutschen sie enger zusammen, jeden Abend ein Stückchen, bis sich die Schultern, dann die Arme, dann die Hände, dann – Liliths Lippen.

Der erste Kuss.

Keiner wills gewesen sein. Sie nicht, er nicht. Es ist aber geschehen. Die Zeiten des Abstreitens sind vorbei.

Den ersten Abend, an dem sie sich so nahekommen, dass man es nicht mehr Freundschaft nennen kann, reden sie klein, sprechen von Ausnahmezustand, wenngleich beide wissen, dass sich ihr Leben ändern und die Ausnahme bald zur Regel werden wird. Die Ober- und Außenwelt jedoch soll nichts davon erfahren. Da sind sich beide einig. Sie wollen keine Zeugen, keine Kommentatoren, keine Mitwisser. Sie wollen nur sich, sonst niemanden, versichern sie einander. Doch ihre Abmachung enthält noch mehr, hat einen doppelten Boden. Unter ihrem Verschwiegenheitsschwur versteckt sich, was sie nicht sagen und nicht sehen wollen. Zu diesem Ungesehenen und Ungesagten zählt auch Rufus' Wissen, dass er Lilith zuweilen gehen lassen muss, dass sie nicht ihm allein gehört, sondern sich selbst, einem Selbst, das Freigeist und Quälgeist zugleich ist.

Tief drinnen

Dass sie ihn liebt, macht es nicht leichter. Dass sie es sagt, noch weniger. Ein Leben im Ausnahmezustand. In Nähe. Wohin soll das führen? Sie will ihre Freundschaft nicht verderben und tut es dennoch, vorsätzlich, mutwillig, mit ihrem Körper und ihren Geständnissen. Die Lippen, die Zunge, die Hände, die Brüste – alles, alles bekennt sich.

Ich liebe dich. Diesen Satz hat sie bislang nur in Notwehr eingesetzt. Mit Rufus ist das anders. Plötzlich ist das Ich nicht länger irgendein Subjekt, das zufälligerweise liebt, aber genauso gut fragen, hören oder sehen könnte, sondern sie selbst. Sie liebt. Und zwar nicht irgendwas oder irgendwen, nicht irgendeinen beliebigen Akkusativ, sondern ihn, Rufus. Sie hat nicht gewartet, bis er es sagt, um dann zu nicken oder »dito« zu murmeln, hat nicht zu Boden geschaut und keine nervösen Gesten gemacht. Es war keine Lüge, kein Gefallen, kein Kalkül. Sie musste es sagen. Das Ich, das Liebe, das Dich lagen auf ihrer Zunge wie drei kleine Zeitbomben, wartend, lauernd, sprengbereit. Ein explosives Wortgemisch, das ihr Speichel nicht neutralisieren konnte, das sich nicht runterschlucken oder entschärfen ließ. Noch vier Tage, noch drei, noch zwei, dann ist er da, der Abend, an dem der Satz ihr Zähne und Lippen aufsprengt und herausplatzt. Silben gehen in die Luft, zersplittern in Rufus' Gesicht.

»Ich liebe dich.«

Es kommt aus Liliths Mund geschossen, bringt Mauern zum Einsturz und lässt nichts übrig als zweimal nackte Angst, die sich aneinanderklammert. Wie es weitergehen soll, weiß sie nicht. Sie beeilt sich, ihm zu sagen, sie könne ihm nichts versprechen. Das ist nur zur Hälfte wahr. Denn dass es nicht einfach werden wird, hätte sie ihm sehr wohl versprechen können. Sie hat auf diesen Warnhinweis verzichtet, hat keine Entschuldigung im Voraus abgegeben. Rufus ist ein Fuchs. Er wird wissen, wo die Trauben hängen, denkt Lilith und schweigt. Die Augenbinde aus Hoffnung, die ihm die Liebe umgelegt hat, will sie nicht sehen.

II

Der alte Paule ist tot. Seltsam zu wissen, dass das schiefe Hexenhaus am Ortsrand nun nicht mehr ihm, sondern der Gemeinde gehört, die es vermutlich einer sozial schwachen Familie mit vielen Kindern zur Verfügung stellen wird. Oder es wird verkauft. Oder abgerissen. Wer weiß. Erben gibt es jedenfalls keine.

Ich habe Mitleid mit Paules Haus, über dessen Zukunft Gemeinderäte entscheiden werden, denen es nichts bedeutet, die sich bestenfalls für seinen Grundriss und den grobgeschätzten Verkaufswert interessieren. Woher kommt dieses Mitleid, dieses vollkommen irrationale Mitgefühl für ein lebloses Ding?

Nur ein einziges Mal habe ich Paules Haus betreten. Zu behaupten, es hätte in meinem Leben eine wichtige Rolle gespielt, mag daher übertrieben scheinen, aber ich empfinde es nun mal so, und ob diese Empfindung ihren Ursprung in einer fiktiven inneren oder einer realen äußeren Welt hat, ist mir egal.

Ich weiß sehr wohl, dass ich die Dinge gerne verkläre, mystifiziere, künstlich überhöhe und unnötig aufblase. Doch da dieses Verklären, Mystifizieren, künstliche Überhöhen und unnötige Aufblasen ein mir angeborener Reflex ist, den ich zwar bewusst wahrnehmen, aber genauso wenig unterdrücken oder ausschalten kann wie das

Blinzeln meiner Lider, erlebe ich diese Reaktion als etwas ganz Natürliches: Sie erfolgt und muss erfolgen. Immerzu. Herauszufinden, dass die Menschen in meinem Umfeld das, was mir natürlich erscheint, ganz und gar nicht natürlich finden, war ein Schock für mich. Wann genau dieses Schockerlebnis zum ersten Mal stattgefunden hat, weiß ich nicht mehr. Vielmehr erinnere ich mich an einen quälenden, sich über Jahre hinziehenden Erkenntnisprozess, der mich zunehmend isolierte und vereinsamen ließ. Ich lernte: Die Realität der anderen ist nicht die meine. Daraus ergab sich zwangsläufig eine Spaltung der Welt in einen Bereich, in dem die allgemein anerkannten Wahrnehmungsgesetze galten, und einen anderen, nicht unter diesen Gesetzen stehenden Bereich der Realität, den außer mir offenbar niemand wahrnehmen konnte oder wollte.

Ich habe mich oft gefragt, was wohl der Grund für die Andersartigkeit meiner Wahrnehmung sein könnte, ob sie von einem körperlichen Defekt, einer Missbildung der Augen, des Sehnervs oder des Gehirns verursacht wird. Meine Eltern hielten das jedoch für ausgeschlossen, bezeichneten mich als „normal" und „kerngesund" und nannten meine Berichterstattungen „Phantasiegeschichten". Ob ich tatsächlich körperlich oder geistig behindert bin, ob die chemischen Prozesse in meinem Gehirn gestört sind oder die Verarbeitung von Sinneseindrücken durch einen Tumor beeinträchtigt wird, weiß ich bis heute nicht, und wahrscheinlich werde ich es niemals wissen.

Aber zurück zu Paules Haus, an dem ich nicht vorübergehen kann, ohne an Kinderzeichnungen Marke Das-ist-das-Haus-vom-Nikolaus zu denken, so schlicht, so einfach, so simpel ist seine Form. Das spitze Dach, die niedrige braune Eingangstür, die Fenster mit den grünen Läden – all das könnte putzig, pittoresk und idyllisch wirken, könnte steingewordener Bilderbuchkitsch sein, hätte Paule sein Haus nicht vollkommen verwahrlosen lassen. Lack, Ziegel, Putz: Was abblättern kann, blättert ab, was zu Bruch gehen kann, geht entzwei. Die Mauern überzieht ein Streifenmuster aus bräunlich-gräulichen Laufspuren, das sich mit jedem Regenguss verdichtet. Staub und Fliegendreck haben die Fenster erblinden lassen. Im Garten steht das Unkraut kniehoch. Es wimmelt von Ameisenhaufen.

Verfall und Schäbigkeit von Paules Behausung sind jedoch nicht das Ergebnis von Faulheit oder Trägheit oder eines ausgeprägten Stumpfsinns, denn Paule war weder faul noch träge, noch stumpfsinnig, im Gegenteil: Seine Tage waren von früh bis spät mit Arbeit ausgefüllt. Auf seinem altmodischen Damenrad mit Anhänger klapperte er den ganzen Landkreis nach Flaschen und Schrott ab, und wenn es nichts zu sammeln gab, das Wetter schlecht oder der Recyclinghof geschlossen war, widmete er sich ganz seiner Leidenschaft, dem Schnitzen.

Mit den Erzeugnissen seiner Schnitzkunst ging er äußerst freigiebig um, was bei den Leuten in der Nachbarschaft größtes Misstrauen erregte und den Verdacht aufkommen ließ, der alte Paule sei ein Pädophiler, der Kinder unter dem Vorwand, ihnen Holzfiguren zeigen zu wollen, in sein Haus locke. Hinzu kam, dass er oft Selbstgespräche führte und zuweilen Spaziergänger beschimpfte und anspuckte. Man fand ihn entweder lächerlich und bemitleidenswert oder gefährlich und verabscheuenswert.

Der Bannspruch, den die Dorfgemeinschaft über Paule verhängt hatte, und die eindringlichen Warnungen, bloß nichts von ihm anzunehmen, machten ihn für mich umso interessanter, und meine Neugierde gipfelte in dem oben erwähnten einmaligen Besuch in seinem Haus und der dazugehörigen Werkstatt. Der Anblick dieser Werkstatt gehört zu jenen Bildern, die eine permanente Spur hinterlassen haben, eine Tätowierung auf meiner Netzhaut, die immer scharf bleibt, nie verwischt oder verblasst, egal, wie viel Zeit vergeht.

Natürlich war mir schon vorher aufgefallen, dass die Holzfiguren, die Paule so großzügig verschenkte, alle dieselbe Form hatten und sich lediglich in Größe und Farbe voneinander unterschieden, doch hatte ich stets angenommen, es gäbe noch andere Figuren; Figuren, die er nur für sich anfertigte und der Öffentlichkeit aus Unsicherheit oder Stolz oder einem ganz anderen, für niemanden nachvollziehbaren Grund vorenthielt. Ich hatte mich geirrt. Die Werkstatt des alten Paule entpuppte sich als eine gigantische Druse, deren Wände und Boden über und über mit spitzen, buntlackierten Holzkegeln besetzt waren, welche eine einzelne, von der Decke baumelnde Glühbirne mit schimmernden Glanzlichtern versah. Es war das Mekka, zu dem sämtliche Fang-den-Hut-Spielfiguren dieser Welt pilgern würden, hätte Gott ihnen Beine und Seele geschenkt.

Meine Vermutung, dass ich die erste und einzige Person war, der Paule jemals Zutritt zu seinem Heiligtum gewährt hat, machte mich sehr befangen. Die Werkstatt war eine Kirche, deren Glaube mir fremd war; eine Stätte der Versammlung geometrischer Körper. Wem wurde hier gehuldigt? Waren die Kegel Gegenstand der Verehrung? War jeder einzelne die Verkörperung eines Hausgottes? Oder handelte es sich um hölzerne Opfergaben, die Paule einer höheren Macht, einer unsichtbaren Instanz darbrachte?

Vielleicht ist der Kegel für Paule das, was für uns Christen das Kreuz ist, überlegte ich. Meine Gedanken laut auszusprechen, wagte ich nicht. Eine Frage zu stellen, kam nicht in Frage. Ich stand nur da, still und stumm, verzaubert von der Farbenpracht hochglänzender Mantelflächen. Auch Paule schwieg. Sein Gesicht jedoch sprach Bände. Er glühte geradezu vor Vaterstolz angesichts seiner Kegelschar. Hier war er Herrscher. Dies war seine Schöpfung, sein Volk.

Das glückliche Glühen erlosch, kaum dass es aufgeglommen war, und sein Lächeln verzerrte sich zu einer Fratze des Schmerzes. Plötzlich schien er sich bewusst zu werden, dass er sein

Innerstes preisgegeben, sein großes und einziges Geheimnis ausgeplaudert hatte. Er war der Versuchung erlegen, hatte sich vom Wunsch nach Anerkennung zu einer Dummheit verleiten lassen, sich aus Eitelkeit verraten. Paule mit Kind und Kegel, Paule mit Fremdling und Kegelkindern, er und ich und die Kegel – das war zu viel, war Unrecht, durfte nicht sein! Hastig drückte er mir ein feuerrotes Figürchen in die Hand und schob mich aus der Tür.

Ob er mir in der Zeit nach meinem Werkstattbesuch absichtlich aus dem Weg ging oder ich zu sehr mit mir selbst beschäftigt war, um ihn zu bemerken, weiß ich nicht. Aber wann immer ich an seinem Haus vorbeikam, schossen mir die Kegel durch den Kopf, und da es an jener Stelle steht, wo der schmale, für landwirtschaftlichen Verkehr freigegebene Schleichweg zur Schule von der Hauptstraße abzweigt, dachte ich tagtäglich an sie. Der Kegelgedanke wurde zum allmorgendlichen Ritual, dem ich bald keine besondere Aufmerksamkeit mehr schenkte. Paules Kegelkirche blitzte zwar im Vorbeifahren in mir auf, nahm jedoch in der aus unzähligen Gliedern bestehenden Gedankenkette keine Sonderstellung ein. Die Stunden zwischen Weckerklingeln und Bettzeit vergingen zu schnell, waren zu voll, zu ereignisreich. Vielfältige Veränderungen verkürzten Vor- und Nachmittage, in denen ich mich nach Stunden- und Trainingsplänen richtete, Pflichten auferlegt und Anweisungen erteilt bekam.

Je länger ich über Paule nachdenke, desto beneidenswerter scheint mir das Leben, das er geführt hat - dieses freie, unabhängige, verantwortungslose und idiotische Leben im Zeichen des Kegels.

Ich war der einzige Trauergast auf seiner Beerdigung. Die Kosten für Leichenschau und Leichenbeförderung, für das Waschen und Kleiden und Einsargen der Leiche, für Sargträger, Totengräber, Grabplatz und Grabkreuz übernahm die Gemeinde, die sich in Erwartung der Erbschaft nicht lumpen ließ und sogar eine Todesanzeige schaltete, auf die mich meine Mutter aufmerksam machte, wie sie mich immer auf die Todesfälle und Krankheiten aufmerksam macht, die sich in der Nachbarschaft, im Bekannten- oder Familienkreis ereignen.

Der alte Paule wurde an einem Donnerstag beerdigt. Vormittags. Die Totengräber, der Pfarrer, zwei Ministranten und ich standen verlegen um den Sarg herum, wobei die Situation für mich weitaus peinlicher war als für die anderen, denn die taten ja nur ihre Pflicht. Ich hingegen war freiwillig hier und dadurch verdächtig. Warum sollte jemand an einem Begräbnis teilnehmen, wenn weder Staat noch Kirche, noch Bluts- oder Freundschaftsbande ihn dazu verpflichteten? Nachdem die Pfarrerlippen ihre antiquierten, an ausgeblasene Schmuckeier erinnernden Sprüchlein in die Wolkennester aus Weihrauch gelegt und wir gemeinsam ein Lied gekrächzt hatten, machten sich die Totengräber daran, den Sarg in der Erde zu versenken. Der kranzlose, kastenförmige Holzkoffer mit dem schaurigen Inhalt fuhr seinem feuchten, unterirdischen Bestimmungsort entgegen.

Plötzlich musste ich an die verwaisten Kegel denken. Irgendeine Entrümpelungsfirma würde kommen und sie alle abtransportieren. Sie würden auseinandergerissen und verteilt, verheizt oder weggeworfen werden, ihren Schöpfer nicht überdauern. Paules Werk war dazu bestimmt, genauso unverstanden zu bleiben wie er selbst. Schlagartig wurde mir klar, dass dies nicht bloß die Beisetzung eines alten Idioten war. Eine Kolonne aus Worten folgte Paule ins Grab. Ein Es, ein Wird, ein Schon und ein Werden nahmen sich bei der Hand und sprangen ihm nach. Wie all die anderen hießen, konnte und wollte ich nicht entziffern. Sie flogen so schnell an mir vorüber, wie es nur Worte können, die nicht mehr hoffnungsvoll, sondern leer sind.

Mein Körper übersetzte Trauer und Verlust in haltloses Schluchzen. Laute drangen schubweise aus meiner Kehle, ungewollt, unartikuliert, eine rohe, tierhafte Sprache, ohne Konsonanten und Grammatik, die jedes Kind versteht. Über meinen Mund und meine Wangen liefen Rotz- und Tränenbäche. In den Blicken, die mir die Umstehenden zuwarfen, lagen Unverständnis und Abscheu. Offensichtlich hielten sie mein Verhalten für unangemessen. Scheiß auf sie.

Nachdem ich die obligatorische Schippe Erde

auf den Sarg gekippt hatte, machte ich auf dem Absatz kehrt und verließ grußlos den Friedhof.

In der darauffolgenden Woche wurde Paules Haus dann tatsächlich entrümpelt. Was aus seinen Kegeln wurde, weiß ich nicht. In dem Haufen Sperrmüll, der sich auf der Straße ansammelte, fand sich kein einziger. Stattdessen entdeckte ich zwei Apfelkisten voller Lackdosen, Sondermüll, mit dem die Entrümpler offenbar nichts anzufangen wussten. Ich habe die Kisten nach Hause getragen, erst die eine, dann die andere. Sie waren verteufelt schwer. Ständig musste ich Pausen einlegen. Die Holzkanten der Kisten gruben sich in meine schmerzenden, schwitzenden Finger, und ich verfluchte sowohl meine Schwäche als auch meine Last.

Jetzt stehen die Kisten unten in der Einliegerwohnung. Sie enthalten wasserlöslichen Buntlack in den Farben Rapsgelb, Melonengelb, Feuerrot, Weinrot, Telemagenta, Himmelblau, Enzianblau, Laubgrün, Moosgrün, Schokobraun, Schwarz und Altweiß. Alles in mehrfacher Ausführung.

Wenn Paule nicht gestorben wäre, hätte ich vielleicht nie wieder gemalt. Sein Tod war Anlass, Auslöser und Weckruf, war der gute Grund, den ich brauchte. Er zeigte mir einen Ausweg, erinnerte mich an eine Tätigkeit, in die ich Zuflucht nehmen konnte, die Ablenkung und Trost bot.

Der alte Paule ist tot, das Malen wiederauf-
erstanden. Seit es in der Einliegerwohnung nach
Lack stinkt, weiß ich, wer ich bin.

Zettel (2)

Lilith sitzt im Sekretariat und kratzt an den Farbflecken, die ihre Hose sprenkeln und in den Rillen des schwarzen Jeansstoffs blühen wie Löwenzahn in Asphaltrissen. Das Formular müsste längst ausgedruckt sein. Wahrscheinlich hoffen die Sekretärinnen, dass sie es sich noch anders überlegt. Wird sie aber nicht. Bestimmt nicht. Es müsste schon ein Wunder geschehen. Oder wenigstens etwas Überraschendes, Unerwartetes; etwas, das man als Botschaft oder Wink des Schicksals deuten könnte.

Lilith wartet seit langem auf Wunder, Winke und Zeichen, führt ein Leben in Lauerstellung. Je älter sie wird, desto mehr quält sie dieser Zustand, dieses Zusammenkauern, das die Glieder steif werden und die Muskeln verkümmern lässt. Sie muss jetzt handeln! Ausbrechen aus der Starre, solange sie noch kann. Das Schicksal mit einer Verzweiflungstat herauszufordern, ist immer noch besser, als gar nichts zu tun. Aus Wartezeit muss Lebenszeit werden, koste es, was es wolle.

Die Tür zum Rektorzimmer öffnet sich. Lilith wird hereingebeten. »Bitte nehmen Sie doch Platz«, sagt der Rektor und deutet auf einen beigefarbenen Ledersessel. Lilith würde eigentlich lieber stehen bleiben, sich nicht lange aufhalten lassen, ihm einfach kurz die Sachlage schildern und verschwinden, traut sich aber nicht. Sattdessen kommt sie der Aufforderung nach und setzt sich.

»Ich will gleich zum Punkt kommen, Lilith ... Sie sind dabei, einen großen Fehler zu machen – und das so kurz vor dem Ziel.«

»Es ist nicht mein Ziel.«

»Wie?«

»Das Abitur, es ist nicht mein Ziel.«

»Ach, reden Sie doch keinen Blödsinn, Lilith! Das Abitur öffnet Ihnen alle Türen! Danach können Sie tun und lassen, was Sie wollen, können studieren und –«

»Ich will nicht studieren.«

»Das sagen Sie jetzt. Aber später wollen Sie vielleicht doch, und dann sind Sie froh –«

»Und wenn es kein Später gibt?«

»Ich bitte Sie, Lilith … Sie sind 19! Da wartet noch jede Menge Später auf Sie.«

»Das kann man nicht wissen.«

Es entsteht eine Pause. Die ausgebleichten Rektoraugen mustern Liliths Gesicht.

»Sie haben recht. Man kann es nicht wissen. Aber man kann damit rechnen, es ist wahrscheinlich … Und angesichts dieser Wahrscheinlichkeit wäre es sinnvoll, sich einen Plan zurechtzulegen, vorauszudenken. Was haben Sie denn vor?«

»Ich werde malen.«

»Aha, malen … Und weiter?«

»Nichts weiter.«

Das Gespräch beginnt, sich im Kreis zu drehen. Der Rektor redet wieder von Zielen, Zukunft und großen Fehlern, während Lilith stur darauf beharrt, Maler zu sein und nichts anderes tun zu wollen, als zu malen. Zum Glück hat der Rektor noch andere Pflichten zu erfüllen. Er wird am Telefon verlangt. Der Anruf scheint wichtig, Liliths Audienz ist damit beendet. Sie verlässt das Zimmer.

Draußen händigt ihr die Sekretärin das Abmeldeformular aus. Enttäuscht nimmt Lilith den Wisch entgegen. Sie hatte mit einer ehrwürdigen, hochoffiziellen Urkunde mit Wasserzeichen und eingeprägten Buchstaben gerechnet, mit einem Dokument, das die Tragweite ihres Entschlusses unterstreicht. Stattdessen bekommt sie einen läppischen Zettel in die Hand gedrückt, dessen erste Zeile lautet: »Mit Wirkung vom ... melden wir unsere(n) Tochter/Sohn ... vom Goethe-Gymnasium ab.« Offenbar gibt es kein Formular für bereits volljährige Schulabbrecher. Lilith füllt die Lücken aus. Wohnort, Straße, Geburtsdatum, Unterschrift. »Anschrift der weiterführenden Schule«, »Lehrverhältnis ja/nein« sowie »Anschrift des Lehrbetriebes« streicht sie durch. Mehr gibt es nicht zu tun.

Gsälz

Rufus hasst süßen Brotaufstrich. Die Band Gsälzbär, diesjähriger Hauptact des Dorffests, ist ihm daher von vornherein unsympathisch. Misstrauisch nähert er sich dem Dorfplatz, auf dem bunt leuchtende Girlandennetze Menschenschwärme fangen, Schwärme, die nicht summen, sondern grölen. Im rot-gelb-grünen Lampenschein wimmelt es von Gleichartigen und Gleichgesinnten, deren Atem nach Bier stinkt. Jetzt wird es laut. Aus den Boxentürmen am Bühnenrand dröhnen die ersten Takte eines Songs, der sich inhaltlich mit einem »Haifisch im Fläppe« auseinandersetzt.

Das »Fläppe« ist der Flappach-Weiher, so viel weiß Rufus. Die schwankende, schunkelnde, stark alkoholisierte und schwer begeisterte Menschenmenge, durch die er sich kämpft, kennt dagegen nicht nur den Weiher, sondern auch jede einzelne Zeile des Lieds. Sogar die Kinder, die heute ausnahmsweise nicht ins Bett müssen und sich nach der dritten oder vierten Cola genauso überdreht und bescheuert aufführen wie ihre Eltern nach literweise Bier, singen begeistert mit, sind absolut textsicher. Rufus' Abscheu, seine Verachtung für diesen rotgesichtigen, rotzbesoffenen Haufen Dorfdeppen, wächst mit jedem Schritt, den er sich weiter Richtung Bühne vorwagt. Der Drang, zu laufen, zu fliehen, egal wohin, nur weg von hier, weit, weit weg, sendet kleine elektrische Impulse in seine Waden und Oberschenkel, wo gespannte Muskelstränge auf das Go! aus der Hirnzentrale warten. Rufus ermahnt sich, dieses Mal keinen Rückzieher zu machen. Was kümmern ihn die Leute? Er ist schließlich wegen Lilith hier! Wo zum Teufel steckt sie nur?

Rufus richtet seinen Blick auf die Reihen der Festbesucher, sucht nach Liliths dunklem Schopf und bedauert dabei, dass sich der Sehstrahl, mit dem er in diesem Menschensumpf herumstochert, nicht auswaschen, abspülen und abschrubben lässt. Zu wissen, dass die Feiernden Bilder in seinem Gehirn hinterlassen, dass sich die Eindrücke dieser Nacht seinem Gedächtnis wie eine Fußspur einprägen werden, macht ihn rasend. Rauch- und Fett- und Biergestank kann man wegduschen, abbrausen und mit Hilfe des Wasserstrahls in den Abfluss treiben. Die Bilder aber bleiben, haften hartnäckig, müssen mühselig verdrängt werden.

Da! Er hat Lilith entdeckt, sieht ihr Haare, ihr Gesicht und ihre Hände, mit denen sie ein Glas umklammert. Sie sitzt auf den Treppenstufen vor dem großen, U-förmigen Gebäudekomplex, der den Dorfplatz umschließt und zu einer Art Sackbahnhof macht, in den immer neue Menschenzüge einfahren, lärmende, Gsälzbär-Fähnchen schwenkende Trecks.

Jetzt wäre der Moment gekommen, in dem Rufus lässig Richtung Treppen schlendern sollte, geradewegs auf Lilith zu, die ihn sehen und sich freuen würde, die verwundert und überrascht wäre und es gar nicht fassen könnte, dass er tatsächlich hierhergekommen ist, nur ihretwegen. Aber Lilith ist nicht allein, und anstatt ihr entgegenzugehen, drückt er sich in den Schatten eines Betonpfeilers. Erst mal abwarten, beobachten.

Die Gruppe auf der Treppe zählt außer Lilith noch ein weiteres weibliches Mitglied – eine Edith, die voriges Jahr sitzengeblieben ist und leidenschaftlich gerne Moped fährt.

Eigentlich ein cleveres, sympathisches Mädchen, nicht blöd, nur lernfaul, denkt Rufus und bedauert es, sie rittlings auf irgendeinem Dorftrottel sitzen zu sehen, dem sie aus einem halben Meter Höhe Bier einflößt. Ein Glück, dass es nicht Lilith ist, die auf diesem Schoß sitzt … Glück? Ärgerlich schnaubt er durch die Nase, lässt keinen Dampf, aber immerhin etwas verbrauchte Luft ab, wobei sich seine Brust kurz hebt und senkt, als würde er lachen. Wenn er das schon als Glück bezeichnen muss …

Er erkennt den Jugoslawen, den rattengesichtigen Polen und eine Handvoll Typen, die lediglich unter ihrem Nachnamen bekannt sind (der Staudacher, der Gruber, der junge Enzle, die beiden Boscher-Brüder usw.). Lilith schaut recht finster drein, sieht gelangweilt, missmutig, genervt aus, und obwohl es Rufus leid tut, dass sie sich offenbar nicht amüsiert, beruhigt es ihn sehr, sie nicht mit Flirtgesicht zu sehen. Die Augen starr auf ihr Glas gerichtet, würdigt sie die Umstehenden keines Blickes, wirkt desinteressiert, verschlossen, kühl. Hoffentlich schreckt das den Jugoslawen ab.

Zeit vergeht. Bald wird der Himmel völlig dunkel sein. Rufus steht noch immer hinter dem Pfeiler. Lilith schenkt sich nach, und je öfter ihre Nase im Glas verschwindet, desto entspannter wirkt sie. Auch der Jugoslawe, der Pole, Staudacher und alle anderen scheinen das zu bemerken. Das Knäuel aus Krakeelern, in deren Mitte Lilith sitzt, zieht sich zusammen, wird enger, fester. Rufus muss an die Feldlinienversuche im Physikunterricht denken. Doch leider sind es keine Metallspäne, die sich um Lilith herum anordnen, sondern Leiber. Männerleiber, die von Minute zu Minute zutraulicher und zudringlicher werden. Was macht er hier? Er sollte nach Hause gehen …

Auf der Bühne kündigt der schnauzbärtige Sänger der »bärenstarken« Band (die in den Gemeindeblättern gern als »die schwäbische Antwort auf BAP« bezeichnet wird) den letzten Song an, dessen einleitende Akkorde im Gejohle und Gekreische der Menge untergehen. Der größte Hit der Gsälzbären, der Höhepunkt der Show, scheucht die Dörfler auf die orange-roten Biertische. Bürgermeister und Bauarbeiter, Ärzte und Arbeitslose, Schweinebauern und Häuslebauer liegen sich in den Armen; vollbusige Dorfmatratzen und biedere Hausfrauen tanzen Hand in Hand, verzichten darauf, den Rock Richtung Knie zu ziehen, zeigen, was sie haben.

»Mir sind dia Leit
Lebed stolz im Schussadahl
OOOOOOOOOHHHH D HOIM
OOOOOOOOOHHHH D HOIM …«
Rufus zieht sich die Kapuze tiefer ins Gesicht.

Lilith ist derweil über die Treppen auf eine Terrasse im zweiten Stockwerk geklettert und balanciert auf dem Geländer. Halsbrecherischer Blödsinn. Sträflicher Leichtsinn. Er mag nicht hinsehen, tut es aber dennoch und bemerkt dabei eine weitere Gestalt auf der Terrasse. Wer ist das? Rufus' rechtes Auge tränt. Vom vielen Fokussieren schmerzt sein Kopf. Lilith und der Unbekannte verdoppeln sich. Scheiß Schielen. Hoch über dem Dorfplatz heben vier Arme zwei Liliths vom Geländer. Eine vervielfachte Anzahl Finger umfasst ihre Hüften und fesselt ihre Hände mit drei, nein sechs, nein zwölf weißen Stricken, die einmal die Streifen einer Trainingsjacke waren.

ZUGABE! ZUGABE!, fordern die Feiernden.

Das vierarmige Trainingsjackenmonster und die schwarzhaarige Hydra stehen dicht an dicht. »I will Liebe von dir, aber sie nix von mir«, klagt der Gsälzbär. Ein gewisser Gauder kotzt geräuschvoll neben den Pfeiler. Rufus schwindelt. Weder der Trainingsjackenträger noch der singende Bär, noch die Kotzlache zu seinen Füßen dürften existieren. Das Brüllen der Dörfler ist ein dialektgefärbter Tsunami, eine schwäbelnde Schallwoge, die alles überschwemmt.

»Ooooooooooooh süße Maus,
komm mir ganget zamme naus,
ooooooooooooh dann gohts los!«

Der Kopfschmerz lässt ein wenig nach. Gegenstände und Körper sammeln ihre Klone ein, verdichten und vereinfachen sich wieder. Lilith und der Trainingsjackentyp klettern von der Terrasse, steigen Treppen hinunter und verlassen den Dorfplatz. Sie gehen Arm in Arm, schwanken und taumeln von einer Straßenseite zur anderen. Rufus schleicht ihnen nach, verschmilzt mit den Schatten, duckt sich hinter Hecken und parkenden Autos. Das Paar steuert auf Liliths Elternhaus zu. Sie wird doch nicht etwa – bitte nicht, bitte, bitte nicht!

Seine Gebete werden erhört. Lilith und der Typ, den Rufus inzwischen als Kurt Lenz, auch genannt Kokser-Kurt, identifiziert hat, biegen links ab. Sie nimmt ihn nicht mit nach Hause. Rufus' Verfolgung endet vor einem frisch renovierten, gutbürgerlichen Einfamilienhaus mit Garten. Von der gegenüberliegenden Straßenseite aus beobachtet er, wie im obersten Stockwerk Lichter angehen und ein Vorhang zugezogen wird. Was tun die beiden jetzt? Steht Lilith noch, oder hat sie sich bereits auf eine Couch oder ein Bett oder auf etwas, das beides in einem ist, gesetzt? Was hat Kokser-Kurt mit ihr vor? Dass er mit all seinen Kunden Arm in Arm geht, bezweifelt Rufus. Er fühlt sich beschissen. Hilflos, ohnmächtig, wütend.

Das Licht in den Vorhangritzen ändert die Farbe. Aus Gelb wird Blau wird Flackern. In Kokser-Kurts Dachgaube läuft der Fernseher. Was immer dort oben vor sich geht, es muss gestört und unterbrochen, verhindert und verdorben werden! Entschlossen reißt Rufus einen Zweig aus der Flanke einer Thuja-Hecke, überquert die Straße, verstopft Kokser-Kurts Klingelknopf mit dem Grün und macht, dass er wegkommt.

Marmelade

Ein »HAI HAI HAIFISCH im Fläppe!«. Wie schön das wäre. Am Seeufer sitzen, im Sandkastensand, den irgendwann irgendein Baufahrzeug hier abgeladen hat, geliefert wie bestellt, zwei Fuhren, eine für Beachvolleyball, eine für Badestrand. Sehe mich auf dem längsgestreiften Frotteetuch fläzen, das künstlich versandete Gestade menschenleer. Sonnengeglitzer im Wasser, spitze Sternchen, die in meine Augen stechen. Mit der Rechten ahme ich den Schirm einer Schildmütze nach und gebe mir Schatten. Gespannt halte ich Ausschau nach einer Rückenflosse –

»Der bescheißt doch!«

»Die schluckt nicht, die Memme!«

»Das gute Bier ...«

Edith gießt ihre neue Eroberung. Auf dass sein Rausch wachse und gedeihe. Wie hieß er doch gleich? Sebi? Flori? Michi? Irgendwas mit I.

»HAI HAI HAIFISCH ... HAI HAI HAIFISCH!«

Mein Gesicht in einem Colaglas, dem die Hüften fehlen, das nur Titten und Taille hat. Auch der Hals fehlt. Keine Flasche, keine Frau. Dafür aber, quer über der Glasbrust, schwungvoll, der Coca-Cola-Schriftzug, dessen gläsernes Relief mir die Nase bricht, die Augen verzerrt, das Kinn eindellt.

Haifische haben keine Labialfalten ums Maul. Ich schon. Und jeder Schluck aus diesem Glas, jeder Zug von dieser Zigarette, jede Stunde auf diesem Fest vertieft den Riss, der Mundwinkel und Nasenflügel verbindet.

Zechen und Jugendschwund. Gelb gefärbte Filter und

Finger. Kollagenfaserschäden, die nicht zu kitten sind. Verluste und Alterungsprozesse im Zeitraffer, hier und jetzt, auf dieser Treppe. Nur schnelles Schlucken kann mich kurieren von diesen Gedanken, diesem Gefühl, diesem Gesicht im Colaglas.

»Ahhh … gut, dass du wieder da bist, Lilithle! Komma her, muss dich mal drücken!« Ediths Augen: zwei große, feuchtglänzende Saphire voller Lichtsplitter. Zu tief, zu blau, zu kunstvoll geschliffen, als dass ich ihnen eine Bitte abschlagen könnte. Sie blinzelt. Ich schlucke. Schlucke und spüre, wie mir der Gedanke, dass Ediths Augen Gott als Manga-Fan entlarven, die Mundwinkel hochzieht.

Nochmal nachschenken, Oberlippe eintauchen, den Schluckreflex machen lassen, das Wässerchen auf die Reise schicken, ihm nachwinken wie Penelope dem Odysseus, als er zu seiner Irrfahrt aufbrach. Ein letztes Gluckgeräusch, dann zeige ich mein Lächeln. Mein HAI HAI HAIFISCH-Lächeln mit Revolvergebiss, das sich nicht zweimal, sondern hundertmal erneuert, das ewig jung, ewig neu, ewig scharf sein wird.

Nicht nachlassen jetzt! Austrinken, auch wenns mich würgt. Alles reinschleusen und runterspülen, bis ein Gefühl der Schwerelosigkeit einsetzt und ich die Uhr zum Duell auffordere.

Êtes-vous prêts?

Allez!

Meine Zähne gegen die der Zeit! Top-Prädatoren lächeln nicht, sie grinsen.

»Lange nicht gesehen, Lilith!« Das ist Kurt. Sehe ihn und blicke zurück, lasse die Grundschuljahre Revue passieren, denke an Freiheit und Furchtlosigkeit und die Felder hinterm Haus, erinnere mich an das Kind, das ich war.

»Weißt du noch …?«

Ja, ich weiß es noch. Habe sie alle aufbewahrt, die glücklichen, hellen Erinnerungen. Kann uns heraufbeschwören, ihn und mich, blumenbekränzt in Buchenwäldern, wo Säulen aus Licht zwischen den Stämmen stehen und Kurt seinen Kranz abnimmt, wenn Spaziergänger vorbeikommen. Blumen sind was für Mädchen …

Immer wachsen, nebeneinander her, bis die Unterschiede deutlicher werden, neue Merkmale auftauchen und damit neue Spiele, heimlich, peinlich, aufregend. Hab keins davon vergessen, auch wenn ich so tu als ob.

»OOOOOOOOOHHHH D HOIM
OOOOOOOOOOHHHH D HOIM im Schussadahl …«

Und der Staudacher singt auch noch mit. Widerlich. Auf der Terrasse ist es ruhiger. Ich will wissen, was Kurt so getrieben hat. Höre zu und balanciere gleichzeitig oben auf der Brüstung, damit die Sache spannend bleibt und ich nicht sentimental werde.

»Hab die Schule geschmissen.«

»Ha! Da sind wir schon zwei!«

»Komm da runter, Lilith …«

Lilith Zerl, Wanderer zwischen den Welten: zur Linken Kurt und Kindheit, zur Rechten grölt die Zukunft. Nur der Moment, die glitschige, gusseiserne Spur zu ihren Füßen, gehört ihr selbst.

»Wenn du dir das Genick brichst –«

»Dann ist wenigstens mal was passiert!«

Ich werde vom Geländer gehoben, lasse mich tragen. Wo mein T-Shirt hochrutscht, spüre ich den glatten Polyesterstoff von Kurts Trainingsjacke. Wir stehen Bauch an Bauch. Langsam lasse ich meinen Blick über sein Gesicht rollen, rumple über Bartstoppeln, Mund und Nase bis zu den schwarzen Pupillenseen, auf deren Grund es rot-gelb-grünlich funkelt. Gesunkene Schätze. Colliers aus Widerschein.

»Hast dich kein bisschen verändert, Lilith.«

Lust, den Lügner zu küssen. Küssen und dann auffressen, meine Gier nach damals an ihm stillen, ein Stück Glück kosten, egal ob alt, ranzig, abgelaufen.

»Lass uns gehen.«

Der Heimweg verschwunden, wie ausgestanzt aus der Erinnerung, ein kleines, schwarzes Loch im Erzählstoff. Dahinter, ausgangs der Schwärze, Kurt und ich in der Dachgaube. Alles neu hier oben, gerade erst ausgebaut, frisch renoviert, riecht nach Wandfarbe und Holz.

Plötzlich schrilles Klingelgekreische, Sturmläuten an der Haustür.

»Irgendein Idiot ...«

Ich muss an Rufus denken. Rufus, der zu Hause im Bett liegt, den Schlaf der Gerechten, Vernünftigen, Vorausschauenden schläft und immer alles so verdammt richtig macht. Zum Kotzen tadellos, zum Schreien tugendhaft. Wo ist die Fernbedienung? Auf DSF laufen Sexy-Sport-Clips. Mein Gastgeber bietet Berauschendes an. Wie ein Bernhardiner stecke ich die Nase in den Schnee, suche die verschüttete Lilith. Fässchen brauch ich keins zu tragen, denn Kurt hat eine Flasche da.

»Weißt du noch ...?«

Ja, auch das weiß ich noch. Bin sogar von selbst drauf gekommen, beim Anblick des olympischen Schwimmbeckens mit Brausepilz, in dem die Blondine strippt.

»Ich hab ein eigenes Bad«, sagt Kurt.

Und ich? Ich hab einen Rufus, der mir ein schlechtes Gewissen macht. Scheiß drauf. Ich will das jetzt. Schon bin ich nackt. Tanze um die Wasserstange, die Duschkopf und

Wannenboden fließend verbindet. Winde, drehe und zeige mich, während Kurt wichst. Wie früher, im Hallenbad.

Kein Anfassen, natürlich nicht. Muss kichern. Ist doch nur Kurt ...

Wieder ein Riss. Eine Perforation der Zusammenhänge. Vom Rausch zerstückelte Stunden.

Bin längst zurück auf dem Trockenen, als Dämmerung und Depression über mich hereinbrechen. »Ich muss jetzt gehen«, sage ich, aber Kurt schläft schon.

Auf dem Weg nach draußen bestätigt mir die Küchenuhr 48 Stunden ohne feste Nahrung. Stiche unter meinen Rippen und ein Schwächegefühl in den Beinen. Brauche Zucker, schreit mein Hirn. Doch woher nehmen?

In Kurts Kühlschrank findet sich erdbeerrotes Eingemachtes, signalfarbener Mischmasch aus Frucht- und Gelierzucker. Das Besteck ist, wo es immer war. Ich nehme drei heilsame Esslöffel voll, stochere in der süßen Glut, mein Schürhaken ein Silberstiel mit Laffe. Marmelade malt mir die Mundhöhle aus. Schnell schlingen. Bloß nicht ertappt werden! Dann klappert der Löffel in die Spüle. Im Kühlschrank wird es Nacht. Ich mache mich auf den Heimweg.

Elterliche O-Töne (2)

»Da war eine Nachricht auf dem Anrufbeantworter ... Eine Frau König vom Goethe-Gymnasium will wissen, wann du deine restlichen Bücher abgibst ...«

»Hast du uns was zu sagen, Lilith?«

...

»Ich fass es nicht ...«

»Das kann doch nicht dein Ernst sein!«

...

»Kommt gar nicht in Frage! Ich erlaube es nicht! Ich –«

»Montag gehst du sofort hin und machst das rückgängig!«

»Heute treff ich die Maria Lenz auf dem Markt ... UND DIE WEISS ES SCHON! Seit Wochen! Während ich ahnungslos ...«

»Die LÜGEN! Die Lügen sind das, was ich nicht akzeptieren kann!«

...

»Ihr Kurt macht ja auch Probleme.«

»Ach, der war doch schon immer ... Kann man gar nicht mit Lilith vergleichen!«

»Ausbildung will er auch keine machen ... Haben ihm ein Ultimatum gestellt: entweder er hilft in der Wirtschaft oder ...«

»Zu mehr als zum Tellerwäscher hätts der doch sowieso nie gebracht!«

»Dr. Gröne schreibt, Suchtkrankheiten seien oftmals die Folgen eines sexuellen Missbrauchs ...«

...

»... langsame Herztätigkeit, niedriger Blutdruck, Unterleibsbeschwerden, Senkung der Stoffwechselrate, Zahnausfall, Störungen im Eiweiß- und Mineralhaushalt, speziell Kaliummangel ... Osteoporose mit erhöhtem Risiko einer Fraktur, Amenorrhö ... Weitere Symptome sind Schwindelgefühle, Ohnmachtsanfälle und hormonelle Störungen ... Lanugobehaarung ...«

...

»Die macht sich alles kaputt, ALLES!«

»Malen ... Das kann sie auch in ihrer Freizeit!«

...

»In der Einliegerwohnung ... der ganze Boden ... sieht schrecklich aus. Müssen wir komplett neu machen lassen ...«

...

»Wusstest du, dass das die Farben vom alten Paule sind?«
»Vom Flaschen-Paule?«
»Ja.«
»Oh Gott!«

»Sie war so ein glückliches Kind ... hat nie geschrien.«

»Andere Väter sind Alkoholiker ...«
»Bei uns war immer alles harmonisch.«

III

Das Jetzt ist Schmerz, die Zukunft ein Loch.
  Flüchte ins Gedächtnisdickicht.

IV

Ich erinnere mich an dicke Holzstifte. Umwelt-
freundliche, aber farbfeindliche Dinger, die
schlecht in der Hand liegen und schwächliche,
blasse Schleifspuren auf dem Papier hinterlassen. Ich drücke wie eine Besessene, bewege den
Stift von links nach rechts, von rechts nach
links, von oben nach unten, von unten nach oben,
versuche verzweifelt, eine Dichte zu erzeugen,
will, dass die Farbe des Abriebs genauso kompakt
und kräftig wird wie die der Miene. Mein Händ-
chen schwitzt. Der glitschige, körperwarme Stift
droht mir durch die Finger zu rutschen. Ich muss
ihn fester fassen, ihn in eine Klemme stecken,
aus der es kein Entgleiten gibt.
    Jetzt tut es weh.
    In Daumen und Zeigefinger kündigen zuckende
Muskeln das Herannahen eines Krampfs an. Was
ich zu Papier gebracht habe, frustriert mich:
Die Fläche ist von Ritzen durchzogen, durch die
der Zellstoff schimmert, bleich und reinweiß.
Meine Striche sind nicht verschmolzen, bilden
keine geschlossene Schicht. Anstatt sich zu
einem großen Ganzen zusammenzuschließen, zu
einer lückenlosen Einheit, einer festen Ballung
aus Farbe, formen die Linien ein loses Farbgeäst,
dessen Zweige kreuz und quer in alle Blattrich-
tungen streben. Das dünne, brüchige Durcheinan-
der wirkt viel zu schwach, um jemandem ins Auge

zu springen. Da schrillt nichts, sprüht nichts, grellt nichts. Wieder keine Knallfarbe … Nur dieser lasche, leise, langweilige Ton.

Auf das Erlebnis einer spontanen, unmittelbaren und mühelos zu erzeugenden Farbbrillanz musste ich lange warten. Als ich dann endlich Gelegenheit bekam, mein erstes umweltfeindliches Filzstiftbild zu zeichnen, war ich zutiefst beeindruckt: Die Farbe auf dem Papier leuchten zu sehen, einfach so, ohne zu schwitzen, ohne zu drücken, ohne mit dem Stift übers Weiß zu schrubben wie eine wildgewordene Wäscherin, glich einer Offenbarung. Endlich konnte ich eine strahlende, satte, klare Farbe nach meinem Willen formen und der Außenwelt, wo jede Farbe auf eine Funktion hinweisen, Sinn machen und Aufgaben erfüllen muss, mein Lustprinzip, mein Gefühl, meine chaotischen und vollkommen sinnfreien Form- und Farbkombinationen entgegensetzen. Hautfarben brauchten keinen Körper, Rottöne keine Rosen mehr. Grünes streifte Gräser und Blätter ab, Blaues entkam dem Himmel. Dass man die Stifte, mit denen all dies möglich war, „umweltfeindlich" schimpfte, begriff ich als Hinweis darauf, dass sich mit ihnen tatsächlich eine Welt erschaffen ließ, die mit der Umwelt konkurrieren konnte, wohingegen die Holzstifte im Wettbewerb der Farben (künstlich vs. natürlich) nie auch nur den Hauch einer Chance gehabt hatten.

Ins Lager der Umweltfeinde zu wechseln, bereitete mir keinerlei Gewissensbisse. Die Filzer waren meine neuen Waffen. Ich war Herrscher, Führer, Farbgewalt und demonstrierte meine Macht, indem ich meine Zeichnungen mit scharfkantigen, regenbogenfarbenen Keilstücken versah, von denen jedes einzelne eine Kampfansage an das Farbsystem der Natur bedeutete. Im Spektrum meiner Welt flossen Gegensätze, lief Rot zu Grün und Violett zu Gelb. Es gab Schwarz und Weiß, Dreckfarben und Mischfarben und kein Gesetz, das dem Regenbogen vorschrieb, ein gebogenes Band zu sein.

Verdammte, verblendende Anfangseuphorie. Ein Filzer ist kein Zepter. Er verleiht keine Macht. Ein dreieckiger Regenbogen in Schlammfarben mag widernatürlich und niemals am Himmel zu sehen sein, nichtsdestotrotz unterliegt auch er gewissen Naturgesetzen und wird daher nur dann sichtbar, wenn Licht auf das Papier fällt. Zu bemerken, dass ich auch als Umweltfeind von meiner Umwelt abhängig blieb, frustrierte mich. Mein Rot, mein Grün und mein Blau brauchten Licht, mussten angestrahlt werden. Sie existierten nur da, wo es was zu reflektieren gab.

Der einzige Vorteil künstlicher, mit Filzstift erzeugter Farben bestand offenbar darin, dass ihre Flächen im Schatten genauso gut gediehen wie in der Sonne, was bei natürlich gewachsenen Farbflächen (einem Baum oder einer Blume etwa) nicht der Fall ist. Auch lässt sich eine Tulpe weitaus schneller zeichnen als pflanzen, ein Tier schneller skizzieren als aufziehen, ein Turm schneller entwerfen als erbauen. Dieser rein quantitative Unterschied erschien mir jedoch bedeutungslos, denn nicht wie viel, sondern die Tatsache, dass man überhaupt Zeit benötigt, auf sie angewiesen und von ihr abhängig ist, störte mich. Will man vollkommen frei sein, so darf man nichts brauchen – weder Sekunden noch Zehntel, noch Hundertstel ... Am Ende meiner Überlegungen kam ich zu folgendem Schluss: Wer die Farben beherrschen will, muss auch das Licht beherrschen, und wer das Licht beherrschen will, muss auch die Zeit beherrschen.

Die Schwierigkeit, die geeigneten Mittel zur Machtergreifung zu finden, blieb freilich bestehen. Die Auswahl an künstlichen Lichtquellen, mit deren Hilfe man das Tageslicht zwar nicht *beherrschen*, sich jedoch immerhin davon unabhängig machen kann, ist *groß*. Aber eine Kerze anzuzünden oder am Lichtschalter herumzuknipsen, brachte mir keine Befriedigung, denn weder die Kerze noch die Glühbirne waren von mir erdacht und entwickelt worden. Die Erfindungen anderer Leute zu gebrauchen, entsprach nicht meinem Ideal. Ich wollte nicht auf den Schultern verstorbener Genies in den Kampf ziehen, sondern allein. In der Ideenschmiede hinter meiner Stirn hämmerte es Tag und Nacht. Wer gegen Zeit und Licht ziehen will, braucht mehr als eine Waffe.

Schleudern

Schwer atmend, mit zitternden Oberschenkeln stolpert Rufus die Kellertreppe hinab, verfehlt den Lichtschalter und wankt weiter, die Arme wie ein Blinder ausgestreckt, bis zu seiner Tür. Sein Versuch, Wut, Trauer und Verzweiflung in Geschwindigkeit umzuwandeln, ist gescheitert. Er hat es nicht geschafft, die unerwünschten Emotionen loszuwerden, sie Tritt für Tritt auf die Pedale zu übertragen. Rasen hilft nicht gegen Raserei. Auch brachte der Fahrtwind keine Kühlung, im Gegenteil: Sein Kopf fühlt sich noch heißer an, ist eine Glühbirne mit glimmenden Drähten, in die jedes einzelne erstrampelte Watt geflossen ist.

Er packt sein Sweatshirt an den Nähten und reißt es sich vom Körper, schüttelt das Baumwollgewebe ab wie Käfer oder Kletten und pfeffert es in eine Ecke. Dass sich die Brille dabei im Stoff verhakt und mitfliegt, ist ihm gerade recht. Er will sowieso nichts mehr sehen. Halbnackt, die Beine kraftlos, die Augen sehgeschwächt, sinkt er auf dem Teppich nieder, zieht die Knie an die Brust und lehnt sich gegen das Sofa, das in der Dunkelheit der Kellerhöhle fläzt wie ein großes winterschlafendes Tier. Die Kunstlederhaut des schattenschwarzen Klumpens klebt kalt zwischen Rufus' Schulterblättern, saugt sich an seiner Wirbelsäule fest, während er krummrückig dahockt und auf den Moment harrt, da die Hilflosigkeit vorbei und seine Tatkraft reaktiviert sein wird.

Man kann sich nicht ewig schrecklich fühlen, weiß Rufus. Die Zeit läuft weiter, arbeitet zielstrebig an der Veränderung der Zustände. Sogar jetzt, wo er nur reglos auf dem

Boden sitzt, steht in Wahrheit nichts still, und je weiter die auf dem Dorffest verbrachten Stunden hinter ihn zurückfallen, desto besser müsste es ihm gehen …

Vielleicht sollte er weinen. Den ganzen Gefühlsdreck rausheulen wie eine in den Lidspalt geratene Wimper. Aber anstatt zu weinen, muss er niesen: einmal, zweimal, zehnmal. Der Niesanfall will kein Ende nehmen. Scheiß Hausstaub. Sammelt sich irgendwann überall.

Doch niesen, schnäuzen und das Blut im Taschentuch haben auch ihr Gutes, rütteln auf und lenken ab, befreien ihn aus der Erstarrung. Rufus beschließt, sich den Rest der Nacht mit Hilfe einer Großputzaktion zu verkürzen. Ihm ist nach Säuberung, nach Reinigung, nach Liquidierung von Staub und Dreck. Heute wird er keine Ecke und keinen Winkel auslassen.

Gegen Ende seines Feldzugs im Namen der Sauberkeit stößt der Staubsaugerrüssel, der unter dem Bett nach letzten Krümeln tastet, auf ein Hindernis, dessen Umfang ein Aufsaugen unmöglich macht. Rufus quetscht sich unter den Lattenrost und streckt den Arm aus. Das Obstakel, an dem der Rüssel scheitern musste, erweist sich als Schuhkarton mit allerhand Krimskrams aus Kindertagen. Rufus nimmt den Deckel ab. Was da aufbewahrt (oder vergessen?) wurde, ist weder wertvoll noch mit besonderen Erinnerungen verbunden; nutzloser Plunder, den man nur deshalb nicht wegwirft, weil er im Hausmüll fehl am Platz scheint: verbogene Sportabzeichen in Silber und Bronze; Medaillen und Wimpel aus der Zeit, als er noch Fußball spielte; ein paar Glückwunschkarten zur Kommunion (plus Kommunionsmedaille und Rosenkranz); sein altes Sparbuch; ein türkisfarbener, löchriger Geldbeutel mit dem Logo der Volksbank; zwei skalpierte Legomännchen; außerdem Glasmurmeln, Schlüsselanhänger, ein Schraubenzieher mit rotem Kunststoffgriff, eine Happy-Hippo-Überraschungseifigur aus der »Traumschiff«-Serie (namentlich Freddy Flaude, der Matrose); ein grünglitzernder Flummi – und so weiter und so fort. Aber dann entdeckt Rufus doch etwas, das den Schuhkarton zur Schatzkiste und seine Entdeckung zu einem spektakulären Fund macht. Mit glänzenden Augen zieht er die Zwille aus dem Karton, die er sich einst aus der Astgabel eines Haselstrauchs gebaut hat. Der Einkochgummi ist mit den Jahren spröde geworden. Als Rufus probeweise an dem bleichen, hellroten Band zieht, klaffen Risse auf. Nein, damit kann man nicht mehr schießen. Schon gar nicht auf weit entfernte Ziele wie den verdammten Kokser-Kurt in seiner beschissenen Dachgaube. Um Gaubenfenster oder Kurt'sche Schädel einzuschießen, bräuchte er ein spezielles hochelastisches Gummiband, das die Munition zwanzig, dreißig Meter weit durch die Luft katapultieren könnte … Hm …

Plötzlich kommt ihm ein Gedanke. Der Geistesblitz wirkt wie ein Peitschenhieb, jagt ihn aus dem Keller und in den dritten Stock hinauf, wo er, die Hand schon auf der Klinke, kurz zögert, bevor er das Zimmer seiner älteren Schwester betritt. Es ist nicht seine Art, ungefragt in die Privaträume anderer Leute einzufallen. Aber die Schwester ist nicht zu Hause, und bis zu den nächsten Semesterferien kann er sein Anliegen keinesfalls aufschieben. Außerdem hat er es gar nicht auf ihre Sachen abgesehen, sondern auf die ihres langjährigen Freundes. Bleibt zu hoffen, dass der Typ sein Modellflugzeug-Zubehör nicht wieder ausgelagert hat … Hat er nicht! Das Zeug liegt noch immer im untersten Schrankfach.

»Die Hochstart- und Katapultvorrichtung besteht aus:
- 15 m Blackpower-Gummi, Durchmesser 10×4 mm (max. Dehnung 300 %)
- Sicherheitsabspannstab mit Querstab und nach oben offener Sicherheitsöse
- Seil, 1,4 mm × 100 m
- Schäkel mit Dreheinrichtung für doppelte Auslegung und Karabinerhaken
- F3B-Fallschirm, Durchmesser 200 mm mit Wirbellager, Zugkraft 1,5 kN
- Katapultseil, Durchmesser 4 mm, 10 m lang mit drei verschweißten Stahlringen
- Großseglerstarthilfe zur Ausrichtung der Tragfläche, höhenverstellbar
- Ausklinkvorrichtung mit Abspannstäben, Verriegelung über fußbetätigte Wippe«

So steht es auf der Schachtel, auf der ein stolzer Modellbauer samt Flugzeug zu sehen ist.

In dieser Nacht begeht Rufus den ersten Diebstahl seines Lebens und rüstet seine alte Zwille mit dem Blackpower-Gummiseil auf. Es ist noch früh, als er den Hund an die Leine nimmt und sich auf den Weg zum Kreuzberg macht, wo es zu dieser Stunde einsam und still ist und man in Ruhe Schießen üben kann.

Schaukeln

Ihr ist, als breche ihr Brustkorb entzwei. Als explodiere ihr Herz mit jedem Pochen, siebzig-, achtzigmal pro Minute. Und jede Detonation, jede Druckwelle, die durch ihr Adernetz schwappt, verstärkt die Sehnsucht nach ihm. Wie kann das sein? Was hat er mit ihr, was hat er aus ihr gemacht? Es sind doch erst zwei Tage …

Wenn er da ist, gibt es Halt und Sicherheit. Seine Erscheinung, der Klang seiner Stimme und sein Geruch verwandeln sich, kaum dass Liliths Augen, Ohren und Nase sie wahrgenommen haben, in eine Substanz, die sich behutsam um die kleinen Kammern in ihrem Inneren legt. Er ist die Schutzmembran, die ihre brüchigen Zellwände vor dem Einsturz bewahrt. Ihr Zerfall, das Ausfließen von Persönlichkeitsplasma, das Krepieren ihres Kerns schien Lilith erträglicher, als es noch keinen Rufus und keine Liebe gab. Zu jener Zeit verlief ihr Absterben kontinuierlich, war ein Prozess, an den sie sich gewöhnt hatte.

»Das Perfide an der Liebe ist, dass sie auch den hoffnungslosen Fällen vorgaukelt, es sei noch Veränderung möglich«, erzählt Lilith dem Trompetenbaum vor ihrem Fenster, dessen große, maigrüne Blätter geduldige Zuhörer sind, »dabei verändert sich gar nichts. Nie.« Ihr Leben bleibt ein Spielgerät, blutrot und sperrig, aufgestellt am falschen Ort. Ein beschränktes Ding, mit dem sie sich nicht amüsieren kann, da letztlich alles auf die immer gleichen Beuge- und Streckbewegungen hinausläuft und sie, egal wie hoch sie schaukelt, doch nie den Überschlag schafft.

»Der Trott der Dinge, der zum Tode führt …«, sagt sie.

»Monotonie der Existenz, die auf dem ewigen Hin und Her beharrt; aufgehängt an Ketten, die nicht über die Horizontale hinauswollen und somit keine Kreisbahn, keine Vollkommenheit zulassen, nur scheinbar höchste Punkte. Höchste Punkte und Talfahrten.«

Als Lilith ins Auto steigt und losfährt, ist es kurz nach zehn. Zielsicher wie eine Gondel am Drahtseil, bewegt sich der Wagen auf die Stadt, die Promenade und Rufus' Haus zu. Hände drehen am Steuer, die Rechte schaltet, Füße kuppeln und bremsen. Er macht das gut, dieser Körper, denkt Lilith, deren Kopf sich nur dank der Nackenstütze auf ihren Schultern hält. Wie viele Gedankenkreise, wie viele Umdrehungen braucht es, bis ein Schädel lose wird? Das Rund, in dem ihr Denken wohnt, die Mutter am Ende der Wirbelschraube, wackelt gefährlich. Wenn Kater und Kopfschmerz so weiterwerkeln, wird sie es verlieren, das Hirngehäuse, den Kopf.

Ihr Körper, das Gewohnheitstier, hat einen Parkplatz gefunden; ist aus dem Auto aus- und Treppen hinaufgestiegen, hat geklingelt. Man macht ihr auf. Sie grüßt das Muttergesicht und stürzt in den Keller, findet ihn im Dämmerlicht, ihren Rufus, um dessen Augen blaue Schatten liegen. Lilith legt die Arme um seinen Hals, spürt, wie sie umschlungen und gedrückt wird und kann nichts gegen das Schluchzen tun, das aus ihrer Mitte kommt. Das Herz hat sich gelöst, ist auf die Zunge gerutscht wie Geröll auf Bergstraßen und hat die Sprache erschlagen. Jetzt liegt es da, tonnenschwer. Er holt es sich aus ihrem Mund. Nimmt ihr die Last und befeuert die Worte.

»Sag nichts.«

Hautmäntel werden ausgebreitet, werfen sich übereinander, liegen Kante auf Kante, passgenau. Rippen werden zu Kiemen, filtern Sauerstoff aus Schweiß, auf dass kein Atmen den Kuss unterbreche, mit dem sie sich versiegeln. Rötliche Stoppeln schmirgeln Liliths Wangen wund, vermehren die Anzahl offener Stellen, in die Rufus seine Finger, seine Zunge, seinen Schwanz schieben kann, bis er fühlt, dass sie eins sind.

Später schläft sie. Atmet ruhig inmitten des schwarzen Labyrinths aus Haar, dessen verschlungene Pfade übers Kissen zu ihren Schläfen, ihrer Stirn, ihrem Nacken führen. Vorsichtig folgt Rufus dem mäandernden Lauf einer Strähne mit dem Zeigefinger. Auf wie vielen Wegen gelangt man zu ihr? Er will sie alle kennen.

V

Da verweilen, wo die Andenken sind. Nur nicht
rauskommen.

VI

Streife in mir herum, betrete ein Erinnerungs-
kabinett und vergegenwärtige mir das Vergangene. Da ist das Kinderzimmer. Da bin ich. Ich und
meine weit aufgerissenen Augen im Dämmerlicht,
liegend, lauschend. Zu hören sind Glockenschläge, kleine Klänge, die der Wind ins Tal wirft
wie Narren Karamellbonbons. Ich starre zum ge-
kippten Fenster hoch, dessen Scheibe die Nacht
verschmiert, sehe Schemen und Schatten statt
Bäume und Blätter. Das Dunkel dekoriert um; bemalt das Glas mit tiefblauer Buttermilch, trägt
eine Sichtschutzschicht auf. Ich soll nicht wissen, was es tut. Muss raten, ahnen, mich fürchten. Weiter oben, wo das düstere Geschmier aus
Garten und Nachbarschaft endet, ist die Sicht
besser. Mein Blick wandert aus dem Trüben und
über die Dächer hinauf. Der Himmel ist eine
schwarze Kuh, wolkig gescheckt. Für jetzt. Er
kann auch anders …

Wieder Glockenschläge. Das Firmament verwandelt sich weiter, hängt im oberen Fensterdrittel
wie der Negativstreifen eines Schwarzweißfilms.
Ein Rudel herumtollender, farbverkehrter Dal-
matiner auf jedem Bild.

Plötzlich neue Töne. Orchestrales Geraschel.
Zwei schiefergraue, mauzende Musikanten geraten in Streit, fauchen sich an. Alles voller Ge-
stirn und Getier da draußen. Der Aufmarsch der

nachtaktiven Truppen zwingt die Farben zum Rückzug. Ich weiß, dass die Schwärze kein Ganzes ist, weiß, dass sich ihr Leib aus winzigen, gierigen Wesen zusammensetzt, Wesen, die ihre Rüssel ins Bunt stecken und Leuchtkraft trinken wie Stechmücken Blut. Befallen von Finsternis, vergeht und verschwindet das Kolorit der Welt.

Jetzt bin ich fast durch, nähere mich bereits wieder dem Jetzt, dem Ist, der Gegenwart. Das letzte Andenken im Kabinett, kurz vor dem Ausgang: Ich erinnere mich, wie ich vor dem Bett knie und die blassen Streifen auf dem Teppich betaste, erst sanft, dann heftig, dann krampfhaft. Weiß noch, wie ich mit der Faust auf die Fasern einschlage und verzweifelt versuche, ihr Rot wiederzubeleben.

Gold

Aberhunderte Blattgeburten jedes Jahr. Grüne Sprösslinge, die genährt und getragen werden und doch den Winter nicht überstehen. Der Nachwuchs vergeht, der Mutterstamm bleibt, tief zerfurcht und sorgenvoll. Die Totenwache, das Festhalten an welken Leichen kann Wochen dauern, sich hinziehen bis zum ersten Herbststurm, der Gelbes und Braunes zu Boden wirft, hinab ins Taudurchtränkte, wo alles friedlich fault, Schlick zu Staub wird und auch das letzte Blattgerippe sich zersetzt. Indessen steht das verwurzelte Holz schwarz und schweigend im nasskalten Nebel, die Äste klagend gen Himmel gereckt. Was hält den Baum jetzt aufrecht? Woher nimmt er die Kraft, Jahr für Jahr auszutreiben, als hätte er nie einen Verlust erlitten?

Die Antwort ist schrecklich einfach. Einmal gekeimt und emporgewachsen, hat er keine Wahl. Er muss leben. Leben bis zum bitteren Ende, das keine Erlösung, sondern nur der Übergang in einen anderen Zustand sein wird.

Gesetz der Massenerhaltung, denkt Lilith, die neben Rufus auf der warmen Motorhaube des großväterlichen Mercedes sitzt, wo nichts verloren geht, entkommt auch keiner ... Der Apfelbaum, der unweit ihres blechernen Throns auf der Wiese steht, trägt sein Schicksal jedoch mit Fassung, macht kein Geschrei und sich nicht lächerlich. Bewundernswert, findet Lilith und beneidet den Baum um seine Charakterstärke.

Der Mond verspätet sich heute. In der Befürchtung, dass er gar nicht mehr zur Arbeit erscheinen wird, haben die

Sterne seinen Posten übernommen. Es wird ihm doch nichts zugestoßen sein? Die unzähligen glitzernden Splitter, mit denen das Dunkel gespickt ist, lassen in Lilith den Verdacht aufkommen, dass der fette Gevatter Mond endgültig geborsten ist. Ob das silbrige Schimmern dort oben ein Fitzelchen Mondwanst oder ein funkelnder Stern ist, kann sie nicht mit Bestimmtheit sagen. Rufus schon. Er kennt jeden Fleck in dem tachistischen Gesprenkel beim Namen, sieht Bilder und Formen, wo Lilith nur Lichtspots und Schwärze wahrnimmt. Der Zeigefinger, mit dem er erklärend im Himmel herumdeutet, ändert daran wenig. Denn selbst wenn sie die Schläfen aneinanderdrücken und ihre Augenpaare so dicht wie möglich zusammenschieben, bleiben ihre Blickfelder verschieden. Und solange Rufus seine Netzhäute nicht wie Kontaktlinsen über Liliths orangegebraunen Blick legen kann, wird sie niemals das sehen, was er sieht.

Sein Ehrgeiz, Lilith das himmlische Gemälde zu erklären, ist dennoch ungebrochen. »Siehst du den Polarstern?«, fragt er und fährt dabei fachkundig mit dem Finger über den Fixstern, der sich wie ein auffällig vergrößerter Pigmentfleck von der Raumhaut abhebt.

»Ja.«

»Den kleinen Wagen auch?«

»Ich seh sogar den großen.«

»Gut! Also ... zwischen dem kleinen und dem großen Wagen ist der Drache. Sieht eigentlich mehr aus wie eine Schlange ...«

»Hm.«

»Der Drachenschwanz macht einen Bogen um den kleinen Wagen ... Hast du's? Der Kopf guckt Richtung Wega.«

»Mhm.«

»Könnte man auch als Fragezeichen sehen ...«

Da plötzlich sieht sie's, das schlängelnde Ding, mitten im Fuhrpark der Götter. Eine staunende Schweigeminute später murmelt Lilith einen Namen.

»Zacke ...«

»Wer?«

»Zacke, der Drache!«

»Kenn ich nicht.« Er will ihn aber kennen. Mit fragend hochgezogenen Augenbrauen und kleinen, wedelnden Handbewegungen fordert er Lilith zum Erzählen auf.

»Na schön ...«

»Groger, der Oger, und Zacke, der Drache, flogen nun schon fünf Tage lang ...«

Rufus verschränkt die Arme hinter dem Kopf und streckt die Nase ins All.

»Sie waren unterwegs zum Land des schleimigen Monsters.«

Er spürt Liliths Wärme an seiner Seite. Andächtig lauscht er ihrer Stimme, deren Schall in sanften Wellen gegen sein Trommelfell brandet und ihn in die Geschichte taucht.

»Sie überquerten die Purpurberge und das große schwarze Moor.«

Beim Anblick der messerscharfen, violetten Gipfel, die sich wie Eckzähne aus Amethyst in die weißen Bäuche der Wolken graben, überkommt Rufus ein leichter Schwindel. Haltsuchend verkrallt er sich in Zackes Schuppen. Zaumzeug oder Sattel gibt es nicht.

»Alles war mit ekligem giftgrünem Schleim überzogen ...«

Tief unter sich sieht Rufus die Gebeine der vielen Drachen und Oger aus dem grellen Glibber ragen, die im

Kampf gegen das übermächtige Monster gefallen sind. Er hat Angst. Doch selbst wenn er wollte, könnte er nun nicht mehr umkehren. Sie erreichen den Höhleneingang. Mit zitternden Knien steigt er von Zackes Rücken. Jetzt muss er ohne ihn weiter, ist ganz auf sich allein gestellt.

»Groger kroch auf allen vieren voran ...«

Der Stollen ist schmal und eng. Mit glitschig verschleimten Gliedern robbt er durch schlüpfrige Gänge, in denen die Schmatzgeräusche, die seine Bewegungen erzeugen, von den Wänden hallen. Hinter der nächsten Biegung hält er kurz inne. Aus dem Berginneren dringen seltsame Laute.

»Plopp, plopp, plopp. Das war der Herzschlag des schlafenden Monsters.«

Zum Stollenausgang hin wird es heller. Der Tunnel mündet in eine gigantische Halle, in deren Mitte der gallertartige Körper des Monsters schwabbelt und schwappt wie Wackelpudding. Das Böse in Aspik. Angewidert lässt Rufus seinen Blick durch die Bergkathedrale schweifen, deren Spitzbögen aus Fels kein Sterblicher je zu Gesicht bekommen hat.

»Hunderte von Fangarmen zuckten mit jedem Atemzug des Monsters.«

Noch schläft das Scheusal, dessen unzählige Augen auf dem glibberigen Leib liegen wie Seerosenblätter.

»›Sei tapfer, Groger – aber überlege, bevor du handelst‹, hat Zacke immer gesagt.«

Lilith steht auf.

»Eine schmale Felsenbrücke spannte sich quer durch die Höhle.«

Vorsichtig setzt sie einen Fuß auf die Windschutzscheibe und erklimmt das Autodach, balanciert über die Fahrzeugkabine, als wär es die Felsenbrücke.

»Das Monster erwacht!!«

In ihrem Gesicht spiegeln sich Angst und Schrecken.

»Und schon griffen ein Dutzend Fangarme nach ihm!«

Woher kommen plötzlich die Fangarme? Aus der Wackelmasse? Egal. Gebannt folgt Rufus den Geschehnissen auf der Blechbühne, wo Lilith wie ein Boxer von Ecke zu Ecke tänzelt, bedroht und umzingelt von den Tentakeln des Monsters.

»Er muss das Herz treffen, um es zu töten!«

Sie reißt die Arme hoch.

»Mit gezücktem Schwert stürzt er sich auf das Monster!«

Der Kampfschrei, den Lilith ausstößt, bevor sie vom Auto in die Wiese springt, lässt Rufus zusammenzucken. Wie eine Wahnsinnige rollt sie durchs Gras, rudert wild mit Armen und Beinen, pflügt durch die Halme, schwimmt um ihr Leben.

»Die Schleimwogen erfassen Oger!«, kreischt sie und kugelt auf den Apfelbaum zu, während der Schleimstrom Groger Richtung Höhlenausgang schiebt.

Rufus rutscht von der Motorhaube und stellt sich abwartend neben die keuchende, vom Kampf erschöpfte Lilith, die unter dem Baum liegt und alle viere von sich streckt.

»Und dann?«

Lilith rappelt sich hoch und wischt die schmutzigen Hände am Hosenboden ab.

»Na was schon? Er steigt auf Zackes Rücken und fliegt davon!«

»Hm.«

»Das reicht dir nicht, was?«

»Nein.«

»Dann wird es dich ja beruhigen, dass Groger durch diese Heldentat zum Gold-Oger wird.«

»Das klingt gut. Aber ...« Rufus zögert, er hätte die Frage schon viel früher stellen müssen. »Was ist das überhaupt, ein Oger?« Lilith grinst.

»Ein Oger ist ein Menschenfresser.«

Gemeinsam laufen sie zum Auto, steigen ein und rollen hügelabwärts Richtung Stadt, wo Ampeln, Laternen und Neonreklame die Sterne vertreiben und Liliths Miene sich verfinstert. Das Ende der Fahrt ist weder happy noch ruhmvoll, noch gülden.

Gelb

Hinter den Lackdosen liegt ein toter Maulwurf. Weiß der Teufel, wie der da hingekommen ist. Im Rosa der rechten, nach außen gekehrten Grabschaufel prangt ein rapsgelber Fleck. Sein Pelz ist voller feuerroter Spritzer.

Sachte schiebt Lilith einen Fingernagel zwischen die kleinen Krallen, hebt und senkt die schlaffe Pfote, als wolle sie ihrem Untermieter die Hand schütteln. Was hat der Erdwerfer hier zu suchen? Die Farben werden ihn wohl kaum angelockt haben. Sie tastet den dicht behaarten Maulwurfschädel nach den Augen ab und findet zwei winzige Schlitze, in denen Augenstern und Iris ununterscheidbar sind. Mit Löchern versehene spinellschwarze Murmeln in einer Fassung aus Lidspalten, eine links, eine rechts – mehr braucht man nicht unter Tage. Gedankenverloren streichelt sie das kompakte, walzenförmige Tier, das diese Liebkosung zu Lebzeiten niemals zugelassen hätte.

Wenn man vom Sehsinn (und anderen körperlichen Merkmalen) absieht, sind sich der Insektenfresser und Lilith erstaunlich ähnlich: Beide vergraben sich in ihrer Hände Arbeit; verschwinden darin, um irgendwo, fernab der Zivilisation, eine neue Welt zu erschaffen; einen Ort, an dem die Dinge nicht den gewohnten Gang gehen, sondern so laufen, wie es ihnen entspricht.

Liliths Gänge, ihre täglichen Lauf- und Fahrwege, erstrecken sich von ihrem Zimmer zur Einliegerwohnung (Laufweg) und von dort zu Rufus (Fahrweg). Von dieser Hauptstrecke zweigen weniger genutzte Nebenlinien ab, die zum Baumarkt (wo es Lack gibt), in den Wald (wo Ruhe ist), über die Felder (wo Weite ist) und zu Kurts Dachgaube (wo Kurt ist) führen.

Seit sie nicht mehr zur Schule geht, ist ihr Tagesablauf in feste Schlaf-, Mal- und Schreibphasen unterteilt. Das hilft, denn getaktete Stunden vergehen schneller. Um das Wachsein einigermaßen unbeschadet zu überbrücken, muss Lilith im Rhythmus bleiben. Von dem, was sie außerhalb ihrer Arbeits- und Schlafenszeit durchlebt, könnte auch der Maulwurf ein Lied singen, zumal er seine letzten Stunden taten-, nutz- und schutzlos in einer fremden, feindlichen Umgebung zubringen musste und angesichts der unüberwindlichen Schwierigkeiten, die seine jäh veränderten Lebensbedingungen mit sich brachten, in den Tod flüchtete.

Aber so weit ist Lilith noch nicht. Ein bisschen mehr Kampfgeist hätte das Vieh schon zeigen können, findet sie. Ihr Mitleid schlägt in Verachtung um. Sie packt den Maulwurf am Hinterbein und wirft ihn auf den Komposthaufen, wo Zweiflügler und Regenwürmer surrend und schlängelnd den Kadaver schmähen, der ihnen nichts mehr anhaben kann.

Lilith zuckt mit den Schultern. Immerhin musste er seinen Grabhügel nicht selbst aufwerfen.

VII

Meine erste Uhr war eine türkisgrüne Swatch mit
Plastikarmband. Mein Großvater kaufte sie Duty-
free auf dem Flug nach Portugal, wo wir gemeinsam den Sommer verbrachten und ich zum ersten
Mal jenen Traum träumte, den ich bis heute
träume –

Der Druck auf meinen Kopf nimmt zu. Heiße, blei-
erne Schwere versengt mir das Haar und fräst
eine kreisrunde Kerbe in meine Schädeldecke.
Kaskaden aus Knochenspänen rieseln vor meinen
Augen nieder, bestäuben die Nasenspitze, pudern
die Wangen weiß. Dies ist der Moment meiner Krö-
nung. Ich kenne das Zeremoniell bereits, weiß,
dass der Schmerz dazugehört, und halte so lange
still, bis der Rand der glühenden Krone in der
Schädelkerbe versunken ist. Das Einrasten des
Kopfschmucks über meiner Stirn klingt, als
schlösse sich ein gigantischer Druckknopf. Obwohl man mir verboten hat, die Krone zu berühren, fasse ich hin und verbrenne mir die
Finger an sechzig goldenen Zacken.
  Die Muskelstränge in meinem Nacken zittern
unter dem Gewicht des Goldes, verkrampfen sich
und werden schwach, so dass ich den Kopf abwechselnd auf Schulter und Brust legen muss. Schwer.
Mir ist alles zu schwer ... Vergebens versuche
ich herauszufinden, wo ich bin. Der Zeitraum, in

dem ich mich aufhalte, besitzt weder Form noch Farbe, ist mehr Geräusch als Gebilde, ein Unort im Innern von *Tick* und *Tack*.

Das Flattern von Schwingen ertönt eine ganze Spanne lang. Das muss der Bote mit dem Zepter sein! Ja. Der Uhrzeiger, kühl und schwarz, vervollständigt meine Insignien, komplettiert die königlichen Accessoires der Macht. Gleichzeitig nähert sich der erste Untertan, auf den ein zweiter, ein dritter und unzählige weitere folgen. Bald ist der Zeitraum zum Bersten gefüllt mit Bittstellern jeden Alters, deren aufklappbare, glasige Augen spitzwinklig dreinschauen und darauf warten, verstellt zu werden.

Ich mache mich an die Arbeit, greife in ein erstes Paar und stelle die kleinen Zeiger auf die Eins, die großen auf die Zwölf. Sofort verfärbt und vertieft sich der Kreisausschnitt zwischen den Zeigern, bis im weißen Gallert ein schwarzes Loch klafft, eine Pupille, geformt wie ein Tortenstück, die nach rechts oben schielt.

Ich schreite die Reihen ab, richte Blicke aus, weite und verenge Pupillenlöcher, indem ich an den Zeigern drehe:

9.15 Uhr: Das halbe Rund geschwärzt. Ein Schlafzimmerblick.

8.35 Uhr: Der schielt jetzt nach links unten.

4.30 Uhr: Die da guckt rechts runter.

Erst wenn ich das Glas zugeklappt habe und das Augeninnere wieder sicher unter jener durchsichtigen, gewölbten Haut verschlossen liegt, wandern die Blicke weiter. Wenn nur die Krone nicht wäre, unter deren Last sich meine Halswirbelsäule biegt wie Zweige unter Schneemassen. Auch bedrückt es mich, dass meine Untertanen keine Iris besitzen, nichts haben, was den tiefschwarzen Abgrund einzäunt. Nur Löcher und gespenstisches Weiß, wie man es von Zeichentrickfiguren kennt. Ekelhaft.

Eben will ich einem Mädchen den Augenblick stellen, öffne das Glas, greife in ihre glibberigen Ziffernblätter, da bemerke ich, dass ihr die Zeiger fehlen. Vielleicht hat sie zu lange ins Licht gesehen, sich beim Versuch, das Letzte zu durchschauen, die Zeiger abgebrochen? Bis auf den Punkt, jenes maximal verengte Guckloch in der Mitte ihrer Zifferblätter, ist ihr nichts geblieben. Sie ist umsonst zu mir gekommen, die Kleine mit den dunklen Haaren. Merkwürdig, wie vertraut sie mir vorkommt.

Sich selbst zu erkennen, ist schwer. Wären da nicht die Narbe am Knie und der Leberfleck auf dem Kieferknochen, hätte ich wohl niemals begriffen, wer da vor mir steht. Im Moment der Erkenntnis, jener grausamen Schrecksekunde, verlässt mich meine Kraft. Ich spüre mich wanken, drohe zu fallen und stütze mich auf mein Zepter. In meinem Hirn nur ein Gedanke: Ich darf ihr, nein, ich darf mir nicht sagen, dass es für mich keine weiteren Augenblicke mehr geben wird; darf mir nicht verraten, dass ich tot bin.

Nicht verraten. Nur nichts verraten.

Nicht.
    Nicht.
    Nicht.

Ich wache auf, die Hände gegen die Augen gepresst.

Kreuz

Laut Lokalzeitung war »die Standsicherheit aufgrund des massiven Fäulnisbefalls nicht mehr gewährleistet« und die Friedenslinde am Kreuzbergweiher somit zum »Sicherheitsrisiko für Spaziergänger« geworden. Man musste sie abholzen.

Lilith sitzt auf der Stumpfkante, gräbt den Fingernagel zwischen die dunklen Jahresringe und ritzt eine lange, spiralförmige Rille ins Holz. Achtsam folgt sie der Maserung, kerbt sich durch das Leben der Linde, einwärts, rückwärts, bis zum Mittelpunkt.

»Glaubst du an Gott?«

Mit einem gequälten, beinahe angewiderten Ausdruck im Gesicht wendet Rufus sich vom Weiher ab und seine Aufmerksamkeit der Frage zu.

»Ja. Schon.«

Ihr Blick sticht in seine Augen, als wolle sie eine Biopsie vornehmen; als könne nur anhand einer Gewebeprobe entschieden werden, ob seine Antwort wahr ist.

»Wie machst du das?«

Das Entenpärchen, das eben noch einträchtig Seite an Seite über den Weiher geglitten ist, driftet auseinander, und während der grün schillernde Kopf des Männchens auf das Ufer zusteuert, gründelt das Weibchen, von dem nur noch die Schwanzspitze zu sehen ist, im Schlick des Sees.

»Wieso machen? Mit machen hat das nichts zu tun …«

»Hat es wohl!«

Anspannung und Konzentration härten Liliths Züge, verengen Augen und Lippen und verändern ihre Stimme, die mit jedem Satz lauter wird. Ihr Monolog ist ein panisches Krächzen.

»Unter Glaube verstehe ich eine Form absoluten Wissens – ein Wissen, das vollkommen frei von Zweifeln ist!«

Rufus öffnet den Mund. Sie lässt ihn nicht zu Wort kommen.

»Und vollkommen frei von Zweifeln kann ein Wissen nur sein, wenn es sich nicht an einem Außen orientiert. Denn ein Außen zu betrachten, bedeutet zwangsläufig, sich den Wirkungen dieses Außen auszusetzen –«

»Man kann nicht leben, ohne sich einem Außen auszusetzen.«

»Es geht ja auch nicht um leben, sondern um glauben!«

»Und das sind für dich zwei getrennte Dinge?«

»Im Idealfall schon.«

»Warum?«

»Warum, warum … Weil leben nichts anderes bedeutet als Unfreiheit! Weil wir in ein Gewaltengefüge hineingeboren werden, in dem jede einzelne Existenz auf uns einwirkt! Weil wir nichts als ein beschissenes Glied in einer endlos langen, beschissenen Kette sind, die an uns zieht und zerrt! Weil unsere Handlungen immer nur Effekte sind, deren Ursachen wir nicht begreifen! Weil – ach, fuck it!«

Lilith steht jetzt auf dem Baumstumpf, stößt die Schuhspitze ins faule Holz und begleitet jedes ihrer Worte mit unwilligen, abgehackten Gesten.

»Na schön … Aber wenn ich, wie du sagst, in diesem Gewaltengefüge stecke, dann steckt doch auch mein Glaube in diesem Gefüge …«

»Ja, aber mit dem Unterschied, dass dein Glaube im Geist entspringt und im Geist verbleibt. Er erfährt also keine Verformung durch ein Außen … Er bildet sich in dir, ganz ohne Fremdeinwirkung –«

»Und die Religionen?«

»Ach«, Lilith macht eine wegwerfende Handbewegung, »das sind doch nur Anleitungen, Gebrauchsanweisungen für ein vernünftiges Zusammenleben … Liebe deinen Nächsten, Du-sollst-nicht-dies, Du-sollst-nicht-jenes … Mit Glaube hat das nichts zu tun!« Spöttisch grinsend leckt Lilith ihren rechten Zeigefinger ab und zeichnet Rufus, der mit verschränkten Armen am Baumstumpfbühnenrand steht, ein kleines Kreuz auf die Stirn. »Oder glaubst du im Ernst, dass Symbolhandlungen, Weihrauchwolken und ein paar nette Gleichnisse einen Menschen dazu bewegen können, an das Wunder der Auferstehung zu glauben?«

Rufus schüttelt den Kopf. Lilith hat recht: Sein Glaube an Gott und sein Wissen um den Inhalt der Heiligen Schrift bestehen getrennt voneinander. Der allmächtige Gottvater aus der Bibel und Rufus' persönlicher Gott existieren in zwei verschiedenen Welten, die zwar aneinandergrenzen, sich jedoch nicht überschneiden. Wunder der Auferstehung … Darüber hat er noch nie ernsthaft nachgedacht. Es bestand auch kein Anlass dazu, denn seit er als Zehnjähriger herausfand, dass Galileo Galilei von der Inquisition dazu gezwungen wurde, seine Lehre zu widerrufen, hat er keine Kirche mehr betreten.

Schweigend setzen Rufus und Lilith ihren Gang um den Weiher fort, verlassen den Rundweg und gelangen auf eine kleine Anhöhe. Lilith verschattet die Augen mit der Handkante und lässt ihren Blick über Dächer, Felder und Wiesen schweifen. »Das Problem ist, dass ich keine Gewissheiten mehr habe. Nur noch Zweifel«, murmelt sie leise, bevor sie Daumen und Zeigefinger gegen die Nasenwurzel presst, wie sie es immer tut, wenn der Kopfschmerz unerträglich wird.

Als Rufus anderntags den Kreuzberg erklimmt (ohne Lilith, dafür mit Hund), führt ihn sein Weg an jenem Lindenstumpf vorbei, der gestern Liliths Kanzel war. Die Spuren, die ihr Fingernagel zwischen den bräunlichen Jahresringen hinterlassen hat, verleihen dem gemaserten Rund das Aussehen einer übergroßen Schallplatte. Wenn sich der Stumpf drehen ließe, könnte Rufus seinen Finger wie eine Nadel auf die Scheibe setzen, die Rille entlangfahren, und, wer weiß, vielleicht würde er dann tatsächlich Liliths Stimme hören. Aber solange sich der Holzklotz mit all seinen Wurzeln stur ins Erdreich krallt, bleibt die Platte stumm. Von den vielen gesprochenen Sätzen hallt nur der letzte in Rufus' Kopf nach. »Keine Gewissheiten … Nur noch Zweifel.« Erst jetzt bemerkt er, wie sehr ihn dieser Satz gekränkt hat. Sein Glaube ist längst nicht so zweifelsfrei wie seine Liebe.

Cream

Starre auf den Deckenbalken, der tagsüber braun ist, braun wie Blockschokolade, jetzt aber schwarz scheint, schwarz und rückseitig vom Mondlicht versilbert, wobei das Silber reine Spekulation ist, denn sehen kann ich es nicht. Die silberschwarze Dachstütze ist ein Zitat-Trigger. »Was siehst du aber den Splitter in deines Bruders Auge …«, liest der Dekan in meinem Kopf. Ich habe keinen Bruder. Auch keinen Jesus.

Wäre bereit für Dunkelheit, bereit, mit dem Balken im Blick zu erblinden. Könnte ihn selbst in meine Pupille rammen und den Ogern unterm Bett Augäpfel am Stiel anbieten. Oder doch lieber die passive Variante, bei der ich nichts weiter tun muss, als abzuwarten, bis sich mein Fokus in der Schwärze verliert und die Finsternis zum Entführer wird, zum Kidnapper unterm Seidenstrumpf, der mein Bewusstsein verschleppt und es erst dann wieder freilässt, wenn die Morgensonne ein Lösegold ausspuckt? Dumme Denkereien, die nirgendwo hinführen, mich nur am schlafen hindern.

Plötzlich ein Pochen. Zwischen dunklen Nadelbaumklumpen und Blattwerkschatten steht Kurts Silhouette. Ich schlage die Decke zurück, klatsche meine nackten Fußsohlen in die Mondlichtpfützen auf dem Parkett und öffne das Fenster. Besoffen auf einen Betonsims im zweiten Stock zu klettern, ist schwer, ein anerkennendes Nicken meinerseits daher angebracht. Wo eigentlich Blumenkübel stehen sollten, stehe ich, Beine und Brustwarzen steif vor Kälte, hole mir den Tod und den Flachmann aus Kurts Jackentasche. Wir spielen das »Weißt-du-noch«-Spiel, sind darin ziemlich gut, wissen eigentlich alles noch. Aber wer kann schon vergessen, wonach er sich sehnt?

Kurt will sich an Spanien erinnern. Warum nicht. Eine Landschaft taucht vor mir auf. Aus dem Macchiagrün eines Berghangs sprießen Ferienhäuser, bewohnbare Pilze mit schlumpfblauen Pools. Der Blick über die Bucht, deren Strand von morgens bis abends mit Sonnenschirmen bekleckst ist und sich erst dann leert, wenn die Straßenlaternen ihr orangefarbenes Licht verspritzen, wird von den Maklern stereotyp als *traumhaft* beschrieben.

»Wie alt waren wir da?«

»Zwölf?«

Man fuhr damals gemeinsam in den Urlaub. Die Eltern mieteten ein Haus mit zwei Etagen, waren befreundet oder taten zumindest so. (Inzwischen ist Kurts Vater längst nicht mehr unser Zahnarzt, und in die Wirtschaft, die seine Mutter vor einiger Zeit übernommen hat, würden meine Eltern keinen Fuß setzen.) Kurt und ich schliefen in einem Zimmer, was zur Folge hatte, dass wir meist bis in die frühen Morgenstunden bäuchlings auf den zusammengeschobenen Betten lagen und an unserem »Spezial-Magazin« arbeiteten, das den klangvollen Namen *Cream* trug und im Wesentlichen aus verzweifelten Briefen an »Dr. Sommer« bestand. Tagsüber versteckten wir *Cream* unter der Matratze. (Denn obwohl wir ansonsten keine Scham kannten, war uns klar, dass die Inhalte unseres Magazins für Öffentlichkeit und Eltern ungeeignet waren.)

Damit keine Langeweile aufkam, wechselten wir uns ab, schrieben einmal als Verzweifelte, einmal als Doktor. Am besten gefielen mir Kurts Zahnarzt-Geschichten, in denen frühreife Mädchen unter dem Vorwand einer »kostenlosen

Vorsorgeuntersuchung« in eine dubiose Praxis gelockt wurden, wo ihnen ein perverser Arzt versicherte, dass er die Mundräume seiner Patientinnen grundsätzlich mit der Zunge untersuche, da dies die »effizienteste Methode« sei. Zuweilen wurden die Patientinnen angewiesen, sich »freizumachen«, da ihre Leberflecke nichts anderes als eine mutierte Form von Karies seien, die »beobachtet« werden müsse. Den Begriff »Muttermund« nahm Kurts wahnsinniger Weißkittel übrigens wörtlich, weswegen »Speichelzieher«, »Bohrer«, »Küretten« und Wattebäusche auch in diese Körperöffnung eingeführt werden mussten. Meine Antworten auf die Briefe, in denen all das geschildert wurde, fielen ganz unterschiedlich aus und reichten von »Zeig das Schwein an!« bis »Du solltest alternativen Heilmethoden gegenüber offener sein«, je nach Tagesform.

»Was wohl aus Claudia Schiffer geworden ist?«

»Wird wahrscheinlich Kinderpsychologin«, brumme ich, worauf Kurt ein kurzes, irres Lachen ausstößt und mir mit dem Flachmann zuprostet. Claudia Schiffer. So nannten wir das speckbusige Mädchen, das wir gegen Ende der Ferien am Strand kennenlernten. Sie trug einen blau-weiß gestreiften Badeanzug, der im Wasser durchsichtig wurde, so dass Bauchnabel und Brustwarzen deutlich durch die weißen Streifen schimmerten. Beim Laufen scheuerten ihre sandigen Oberschenkel aneinander, wodurch sich auf der blassen Haut zwischen ihren Beinen rosarote Wolken bildeten. Die Schmirgelschenkel, die sich gegenseitig am Vorwärtskommen hinderten, machten sie lahm und träge, was den Vorteil hatte, dass Kurt und ich, wenn wir ihre fischige Physiognomie mit den runden Glotzaugen und dem ständig offenen Mund satthatten, sie jederzeit abhängen konnten. Blödes Fischgesicht. Die brotblonden Haare waren noch das Hellste an ihr. Claudia sollte das erste und einzige Fotomodell werden, das je für unser *Cream*-Magazin posiert hat.

Eben prallt die orangerote Sonnenscheibe aufs harte, graublaue Wasser, zerspringt und zersplittert wie ein Porzellanteller und verstreut lichterlohe Scherben über der See. Die Eltern sind ausgegangen, der Film eingelegt, die Requisiten vorbereitet. Claudia Schiffer betritt das Set. Die Unglückliche hat sich in Kurt verliebt und hofft auf eine Foto-Love-Story. Helmut Newton kennt sie nicht. Sie davon zu überzeugen, nackt mit dem aufblasbaren Alligator zu ringen, gestaltet sich daher schwierig. Der Bildband, mit dem ich beweisen könnte, dass das Kunst ist, steht 1600 Kilometer nordöstlich von hier im elterlichen Bücherregal. Claudia Schiffer will Kurt küssen, nicht Kunst machen. Dieser ist jedoch vollauf damit beschäftigt, den cholerischen Chefredakteur zu mimen. Händeringend umkreist er den Pool, tippt wieder und wieder auf eine imaginäre Uhr an seinem Handgelenk und brüllt: »Das Licht! Das Licht!! Was ist hier los, Leute?! Wir müssen jetzt shooten!« Beeindruckt von dieser Performance, streift Claudia die Träger ihres Badeanzugs ab und stellt sich brav neben den Gummi-Alligator. Um die Taille ihres käsigen schwabbelbrüstigen Rumpfs schlackert die gestreifte Nylonpelle. Stolz stemmt sie die Hände in die Hüften. Ich eile hinzu, rolle die herabhängenden Badeanzugteile zu einer Wurst und entblöße Claudias Pobacken, indem ich den Stoff in die Arschritze schiebe. Sieht besser aus. Auf mein Zeichen hin knipst Kurt los.

Beim Ringkampf mit dem Alligator, der auf den Steinplatten neben dem Pool ausgetragen wird, zieht sich Claudia einige Schürfwunden zu. Später besteht sie auf einem gemeinsamen Foto mit Kurt, der allerdings weder nackt noch halbnackt posieren will, sondern in Hemd und Anzughose seines Vaters ...

Das Shooting endete tränenreich. Wir sahen Claudia nie wieder.

Als meine Mutter am letzten Ferientag die Betten abzieht, entdeckt sie einen Packen bekritzelter Zettel, sowie 18 Farbfotografien, die sie nicht etwa künstlerisch, sondern »schrecklich, gestört und pervers« findet. Kurt und ich werden einer peinlichen Befragung unterzogen. Mit hochroten Köpfen sitzen wir in der Küche und starren auf das gelbe Wachstischtuch, umringt von entsetzten Gesichtern. Zeigefinger tippen aufgeregt auf eines der Fotos, hinterlassen Abdrücke im Hochglänzenden, wo ein grausam grinsender Kurt der knienden Claudia eine Super-Soaker-Pumpgun in den Mund steckt.

Noch am selben Tag beschließen meine Eltern, den Zahnarzt zu wechseln. Zu Hause angekommen, wird mir jeder weitere Kontakt zu Kurt strengstens untersagt. Aber der hat in den kommenden Monaten sowieso wenig Zeit, da er mehrmals wöchentlich zur Kinder- und Jugendpsychologin muss.

Ich schaue ihm ins Gesicht. Bis auf die bläulichen Bartschatten auf Kinn und Wangen ist es dasselbe wie damals: kleiner Mund, scharfgeschnittene Vogelnase, schrägstehende dunkle Augen, die keine Reue kennen. Hinter dem Giebel des Nachbardachs lauert bereits die Dämmerung. Bald wird auch diese Nacht überstanden sein.

VIII

It's always the same kind of vein: Ich rolle die Pappe aus (Kulissenkarton, stabil und faserstark, einseitig weiß und ungeglättet, 2,20 m x 20 m) und befestige die losen Ecken mit Gaffer-Tape am Parkett. Dann lege ich die Holzlatte, die mir als Lineal dient, möglichst rechtwinklig aufs Papier, ziehe den Cutter die Latte entlang, trenne drei (oder vier) Quadratmeter Malgrund von der Mutterrolle und verpasse dem Boden eine neue Narbe. Kratzer im Parkett sind Kollateralschäden, die ich in Kauf nehmen muss, denn „sanftes Abschneiden" (ohne Einschnitte im Holz) funktioniert nicht. Die Pappe ist zäh, die Cutter-Klinge immer zu stumpf. Man kann sie nicht schärfen, muss sie spitzen, wie man Tafelkreide spitzt: durch Abbrechen.

Ist der Träger entrollt, zurechtgeschnitten und festgeklebt, beginnt das Fressstadium der Fasern, die ich mit Lack mäste. Das weiße Maul verschlingt Tropfen um Tropfen der farbigen Flüssignahrung. Farbschichten sammeln sich an. Volumen und Gewicht der Pappe nehmen zu. In nassen, spiegelglatten Lachen schwimmt mein Abbild, verschwindet, wenn ich die Oberfläche mit dem Pinsel in Unruhe versetze, kehrt wieder, wenn sich die Pfütze glättet; bleibt so lange unstet, bis hochglänzende Trockenheit herrscht.

Malend beuge ich mich über mich, streiche mir

im Gesicht herum, schmiere mich voll, überziehe meine Kopfform mit Feuer, Raps und Enzian, tauche tief ein, fürchte mich weder vor Rot noch Gelb, noch Blau und erlebe, was *interesse* bedeutet, indem ich mich in die Farbmischung einrühre, wo ich staubtrocken, stoß- und schlagfest werde.

Ich schaffe lieber, als dass ich betrachte, zumal hier unten wenig Platz ist und ich mich zwischen Schaffen und Betrachten entscheiden muss. (Ein Bild kann hängen, eines gemalt werden, mehr lässt der Raum nicht zu.) 24 Stunden reichen, um ein Werk in Augenschein zu nehmen, rede ich mir ein, bevor ich das Bild einrolle und zu den anderen stelle.

Der Wald aus Kulissenpappe wächst. Überall stehen und liegen die astfreien, glatten Stämme. Die Einliegerwohnung: ein Bilderforst. Ich müsste mehr vernichten. Kahlschlagen. Platz schaffen. Aber da vernichten langweilig, zeitaufwendig und mühselig ist, verschiebe ich es auf morgen. Oder übermorgen. Ich habe keine Zeit, überflüssigen Bilderballast zu entsorgen. Der Fertigungsfluss muss weiterströmen, darf nicht unterbrochen werden. Fließen zu wollen und gleichzeitig der Bieber zu sein, der Dämme aus Papierstämmen baut, macht die Sache kompliziert. Ich bin wie immer Freund und Feind, ermögliche und verhindere alles.

IX

Gestern Abend habe ich vergessen abzuschließen. Heute Morgen bekomme ich die Quittung für meine Nachlässigkeit: Die Mutter hat sich in den Bilderforst verirrt. Sie steht auf der Lichtung mit dem Lacksee, dessen Oberfläche über Nacht fest und betretbar geworden ist, ein Eindringling in pastellfarbener Kaschmirjacke, der zu viel glotzt und fragt, der meine Ruhe und Routine stört. Ihr Unverständnis steht ihr ins Gesicht geschrieben. Was das sein soll, will sie wissen und macht eine Handbewegung. Ihre Nägel sind immer sauber, immer rundgefeilt.

Eine Uhr, sage ich, obwohl ich eigentlich schweigen will. Sie schüttelt den frisierten Kopf, sagt, sie könne beim besten Willen keine Uhr erkennen, begreift nicht, dass die blaue Fläche eine Stunde groß ist, sieht Streifen, wo ich Sekunden sehe, sieht Flecken, wo ich minutenlang ein Rot verdichtet habe. Dass Farbeinheiten Zeiteinheiten sind, kapiert sie nicht. Wir starren uns an, unverwandt, blutsverwandt. Sie legt die Stirn in Falten, äußert Besorgnis, findet, das Bild wirke brutal. Dumme Mutter. Wirken ist Einwirken ist Eingreifen ist immer gewaltsam. Eins entsteht, ein anderes muss sterben. Punktum.

Ihr Beharren auf dem angeblichen Unterschied zwischen Realität und Brutalität erschwert die

Verständigung. Worte drängen aus ihrem Mund, füllen den Raum, in dem ohnehin zu wenig Platz ist für uns beide. Sie soll mich allein lassen. Ich soll nicht so schreien. Wieso nicht? Ich schreie so laut ich will! Ich, der gnadenlose Gewalttäter, der die Zeit mit dem Pinsel totschlägt!

Endlich geht sie. Aufgebracht, beleidigt, verletzt, was weiß ich. Das Lackvergießen muss weitergehen. Das Mutterverdrießen auch. Die Jagd nach zeitlosen Formen erfordert vollkommene Hingabe und absolute Kompromisslosigkeit. Wer mit einem Makel behaftet ist, scheitert bei der Gralssuche.

Sauer

Fuchsia: ein Rot, das pink anläuft, sich ins Violett hinein schämt. Leider nicht monochrom, sondern marmoriert, durchwirkt von weißen Venen, die die Farbe mimosenhaft und verzärtelt wirken lassen. Die nüchternen, quadratischen Kacheln kümmert das nicht. Für sie zählt lediglich die mit der Glasur einhergehende Verbesserung ihrer Gebrauchseigenschaften.

Wir befinden uns im Badezimmer der Einliegerwohnung. An der Wand mit den fuchsiafarbenen Fliesen kleben Waschbecken, Toilette, Spiegel und ein kleines Regal, auf dem ein gutes Dutzend Seifen an vergangene Hotelaufenthalte erinnert. Das Fenster mit Blick auf die Betonwände eines Lichtschachts ist grausam groß. Offenbar gefiel es dem Architekten, den unterirdischen Raum mit einem nutzlosen Auge zu versehen, das von einer Aussicht nur träumen kann. Sadist.

Lilith kniet neben dem Fensterbrett, umklammert die Kloschüssel und krümmt den Rücken. Die Muskeln in ihrem Rumpf verkrampfen sich, verengen den Bauchraum, zurren die Organe zusammen und verunmöglichen die Füllung der Lungenflügel, die hinter einem erstarrten Zwerchfell vergeblich auf Sauerstoff warten. Vom Würgen verfärbt sich Liliths Kopf. Wangen- und Kachelfarbe gleichen einander. Augäpfel treten hervor, quellen aus ihren Höhlen wie Dampfnudeln. Pupillen sind keine Ventile. Der Überdruck im Schädel bringt Äderchen zum Platzen, sprengt Risse in den Glaskörper, aus dem er nicht entschlüpfen kann. In das Toilettenbecken ergießt sich ein blutrot gesprenkelter

Schwall Galle: einmal, zweimal, zehnmal. Liliths Speiseröhre ist ein brennendes Schwert, das sich mit jedem Schuss Magensaft neu entzündet und ihren Torso in zwei Hälften teilt.

Der Lungenvogel kreischt nach Luft.

Sie wird ersticken.

Sie will ersticken.

Will kotzen, bis Schwärze über sie hereinbricht und es vorbei ist, endgültig vorbei; wünscht, sie könnte ihr Inneres nach außen stülpen und alles austreiben, was jemals in ihr war; sehnt sich nach dem totalen Exorzismus, der nichts übrig lässt als reinweißes Gebein.

Natürlich erstickt sie nicht. Sie wird auch nicht ohnmächtig. Ihr Körper ist ein zähes Biest, das jede Qual bei vollem Bewusstsein miterleben will. Ein Speichelfaden verbindet Liliths Lippen mit der Kotzlache, auf deren Oberfläche kleine Bläschen schwimmen. Die Lache ist in Bewegung, steht niemals still. Das Giftgelb formt Figuren. Gesichter, Tiere und Pflanzen ziehen übers Weiß der Keramik wie Wolken über den herbstlichen Himmel. Was sind das für Gestalten, was versinnbildlichen, was prophezeien sie? Ob Kotze oder Kaffeesatz – Lilith kann weder das eine noch das andere lesen. Vielleicht auch besser so.

Dann ist es vorüber. Lilith liegt mit nacktem Oberkörper auf den kalten Kacheln und sieht das Fensterbrett von unten. Im Bad riecht es sauer. Man müsste das Fenster öffnen, das Klo putzen, sich den Mund ausspülen, müsste nachsehen, ob sich nicht doch ein Spritzer Kotze auf den Boden oder die Jeans verirrt hat; müsste Spuren verwischen und das, was geschehen ist, scheinbar ungeschehen machen. Warum? Weil in diesem Haus Sauberkeit vor Wahrheit geht.

Süß

Nordwestlich von Tahiti steckt ein Reißnagel im Pazifischen Ozean. Mit zusammengekniffenen Augen entziffert Rufus den kursiv gedruckten Namen unterhalb des Nagelkopfes.

»Bora Bora?«

Lilith nickt begeistert.

»Und was soll ich da?«

»Na, leben!«

»Wovon denn?«

»Ach, da findet sich schon was ... Zur Not werden wir Zimmermädchen –«

»Oh ja! Putzfrau! Davon hab ich immer geträumt!«

»Du könntest auch Fischer werden ...«

»Und den Leuten radioaktiv verseuchten Fisch verkaufen?«

»Wieso nicht? Du verkaufst den verstrahlten Fisch, ich die Jodtabletten.«

Rufus hat nicht die geringste Lust, in einem nuklearen Versuchsgelände als Fischer zu arbeiten. Wer weiß, ob die Franzosen dort nicht noch immer Atomtests durchführen ...

»Großartig! Und mit dreißig sterben wir dann an Krebs.«

Lilith zuckt mit den Schultern.

»Die Besten sterben jung.«

»Jung und ohne Krankenversicherung in einer Holzhütte am Strand ...«

»Krankenversicherung«, wiederholt Lilith und schüttelt den Kopf. Schweigend sitzen sie einander gegenüber. Über ihren Köpfen summt die Neonleuchte. Das Plätschern der Heizung klingt wie ein Gebirgsbach. Die Stimmung im Keller ist im Keller.

Tränen treten in Liliths Augen. Sie blinzelt sie weg und macht die vertraute Geste, drückt sich zwei Finger gegen die Nasenwurzel.

»Ich will nicht mehr.«

Den Satz hört Rufus neuerdings öfters.

»Kopfschmerzen?«

»Das auch.«

Rufus geht vor Liliths Stuhl in die Hocke, legt die Hände auf ihre Knie und schiebt sein Gesicht in ihr Blickfeld.

»Du riechst, als ob du Hunger hättest.«

»Scheiße«, tönt es dumpf aus der Handschale, in der Lilith ihren Atem prüft.

»Soll ich zur Tanke gehen?«

Sie nickt.

»Mentos oder Tropifrutti?«

»Tropifrutti.«

Wenigstens diesen Wunsch kann er ihr erfüllen.

Auf einem Berg aus Obst sitzt ein Riesentukan und frisst Fruchtgummis. Wie er es schafft, sich trotz seines überdimensionalen, orange-roten Schnabels aufrecht zu halten, ist Lilith ein Rätsel.

Sie tippt mit dem Finger auf den Tukan.

»Auf Bora Bora könnten wir den live sehen …« Rufus macht ein verzweifeltes Gesicht. »Aber du willst ja nicht …«

»Ich –«

»Dabei ist auf Bora Bora offenbar absolut alles möglich! Ich mein, sieh dir das Vieh an … Der müsste eigentlich vorn-

135

überkippen oder zumindest gewaltige Rückenprobleme haben, aber nein, es geht ihm ausgezeichnet. Er frisst und freut sich des Lebens.«

Der Zucker zeigt Wirkung. Noch ein, zwei Tropifrutti und sie wird ihm seine Weigerung, noch heute Abend die Koffer zu packen und nach Französisch-Polynesien abzuhauen, verzeihen. Fasziniert beobachtet er Liliths Finger, die auf der Schreibtischplatte einen Hain aus limettengrünen Fruchtgummi-Palmen pflanzen. Das Herzstück der süßen Oase bildet ein sorgfältig drapiertes Obststillleben aus weißen und roten Früchten. Was und vor allem wie viel Lilith aus dem Gummibild herauslesen und essen wird, hängt von ihrer Tagesform ab. An schlechten Tagen wird lediglich der Palmenhain aufgepickt, an besseren verschwinden auch die weißen Ananasfrüchte, und wenn es ihr wirklich gutgeht, genehmigt sie sich zusätzlich eine hellrote Erdbeere oder eine weinrote Traube. Die Bananen und Orangenschnitze bleiben stets unangetastet.

Dank dieses ausgeklügelten Systems landet die Hälfte der Tropifrutti-Packung grundsätzlich im Mülleimer, wobei das Zerknüllen und Wegwerfen der halbvollen Tüte Lilith weitaus größeren Spaß zu bereiten scheint als der Verzehr ihres Inhalts.

Heute ist ein schlechter Tag. Nur eine Ananas. Liliths Handkante fegt über die Schreibtischplatte wie ein Tropensturm. Beeren, Trauben und Ananas regnen zurück ins Plastik.

»Willst du?«

Rufus zögert.

»Sonst kriegens die Schweine«, grinst Lilith und zielt auf den Papierkorb. Reflexartig reißt Rufus die Arme hoch und verteidigt.

»Du immer mit deinen Schweinen ... Der Hausmüll landet nicht bei den Schweinen!«

Lilith täuscht links an, zieht rechts vorbei zum Papierkorb und knallt die Gummis in den Kübel.

»Deine Defense war auch schon mal besser.«

»Ich war abgelenkt ... Die Schweine –«

»Können da bestimmt nichts für!« Sie legt die Arme um seinen Hals. Ihre Lippen schmecken süß.

X

Ich stelle fest, dass dies nicht mein Bett ist.
Was sich weiß und glatt an meine Wange schmiegt,
ist kein Bettlaken, sondern Spannpappe. Unter
meiner Handfläche spüre ich den Pinsel, der in
der Lackpfütze zu meiner Rechten ertrunken ist.
Ich stütze mich auf den Ellbogen, reiße den Pin-
selstiel mitsamt seiner totenstarren Borsten
aus der Pfütze und schleudere die Lackleiche
Richtung Mülltüte. Vor dem Fenster ragt das
morsche Schaukelgestell in den Nachthimmel:
ein Galgen, an dem zwei Stricke baumeln. Dahinter die Büsche und Bäume unseres Gartens.

Was ist geschehen? Ich erinnere mich an eine
steile Abfahrt, an ein Rasen ohne Bremsen, an
schwereloses Stürzen, gefolgt von tiefer Schwärze. Bin ich gefallen? Hat man mich niederge-
schlagen? Mein Hüftknochen schmerzt. Als draußen das Laternenlicht erlischt, weiß ich, wie
spät es ist. Die Bestätigung vom Kirchturm wird
mir per Wind zugestellt, der alle zwölf Schläge
zuverlässig durch den Fensterschlitz schiebt.

An der gegenüberliegenden Wand ruhen die Papierrollen wie verpuppte Raupen, die sich am
Montag mit Apfelgrün, am Dienstag mit Birnen-
gelb, am Mittwoch mit Pflaumenblau, am Donnerstag mit Erdbeerrot und am Freitag mit Orangen-
orange vollgefressen haben – doch satt waren
sie noch immer nicht.

Plötzlich ein Platzgeräusch. Eine mit Klebeband umsponnene Papierpuppe birst auf und entfaltet zwei buntgefleckte Flügel. Erschrocken krabble ich rückwärts und presse den Rücken gegen die gusseisernen Rippen des Heizkörpers, während sich Farbe verlebendigt und zu einem flugfähigen Wesen wird. Der Falter entschlüpft seiner Hülle und kriecht über das besudelte Parkett. Auf seinen Schwingen liegen die Pinselstriche wie Schuppen, dicht an dicht. Das Nachtlicht, eine Legierung aus Mondgold und Sternensilber, lässt seinen onyxschwarzen Leib glänzen wie glattgeschliffene Grabsteine. Fühler aus Lackfäden ragen in den Raum, tasten über Wand und Boden, schmecken Tapete, wittern meine Angst. Ich sehe mein Spiegelbild, zerbrochen und zerstückelt, in facettierten Seitenaugen. Ekel sträubt mir die Haare. Der Falter kommt näher, streckt seinen Rüssel nach mir aus. Er wird mir den Mund aufstechen, mein Blut trinken wie Blütennektar, mich aussaugen bis zum letzten Tropfen.

Vater unser im Himmel ... Auf dem Fensterbrett muss der Cutter liegen. *Geheiligt werde dein Name* ... Ich hebe den Arm, fasse nach der Brettkante über mir, spüre Glätte und Kälte. *Dein Reich komme* ... Meine Finger ertasten den Plastikgriff. *Dein Wille geschehe* ... Die Klinge in meiner Hand hilft mir auf die Beine. *Wie im Himmel, so auf Erden* ... Flatternde Falterschwingen streifen die Zimmerwände. Ein Fühler fasst nach meiner Schulter. Ich kreische, schreie nach Gott, trete und schlage um mich, rüttle wie irr am Fenstergriff und falle ins Freie, wo ich über den Rasen stolpere und durch die Hecke breche. Wohin jetzt? Ich weiß es nicht; weiß nur, dass ich laufen muss, laufen und fliehen, so schnell ich kann.

Erst als ich das Blau der Aral-Tankstelle am Horizont leuchten sehe, wage ich einen Schulterblick – kein Falter weit und breit. Aber wer weiß ... Vollkommen außer Atem taumle ich weiter, die Hand gegen mein rasendes Herz gepresst, das meine Muskeln mit Milchsäure und meinen Mund mit Blutgeschmack versorgt.

Ich werde langsamer. Falter fliegen ins Licht, raunt mir eine Stimme zu. Ein Fernsehflimmern, eine Gartenleuchte ... Wenn er dir ins Freie gefolgt ist, klebt er längst am Fenster eines schlaflosen Nachbars.

Die Vorstellung, wie sich das Vieh gegen die Scheibe presst, lässt meinen Magen bittere Fontänen speien. Den Hals voll Galle, packe ich mich selbst an den Schultern und fahre mir über die Arme, auf denen es kribbelt und krabbelt, kratzt und beißt. An mir klebt nichts, haftet nichts, ich bin nicht die Scheibe, nein, nein, bläue ich mir ein und raufe mir die Haare, die in meiner Kopfhaut stecken wie hunderttausend schwarze Fühler. Was ich gesehen habe, kann nicht wahr sein. ES IST NICHT WAHR. Es-ist-nicht-wahr, ich-bin-nicht-wach, es-ist-nicht-wahr, ich-bin-nicht-wach.

Ich erlaube meinen Beinen einzuknicken, sinke auf den Bordstein nieder und ziehe den Cutter aus der hinteren Hosentasche. Wenn dies tatsächlich ein Traum ist, wird es nicht wehtun. Ich kremple den Ärmel hoch und versetze meinem Unterarm einen Hieb mit der Klinge, schlage eine Schneise ins Fleisch, durchtrenne und teile meine Hautschichten wie Jahwe das Meer. Die Wunde ist ein Augenschlitz, mandelförmig und feucht, mit klaffenden Lidern. Mein Arm weint heiße Tränen. Das Brennen lässt keinen Zweifel zu: Ich bin wach.

Kreisrunde Flecken versickern im Asphalt, der wie eine raue, rissige Zunge vor mir liegt und sich mit Blut beträufeln lässt, als wäre es Ibuprofen. Wolken folgen meinem Beispiel, platzen und tropfen auf die Straße. Ich stehe auf und wanke weiter.

Im Gehäus

Dienstag, 1.55 Uhr. Himmlische Heerscharen entleeren sich über dem Schussental. Ein Bataillon fetter Putten packt die Stummelschwänzchen aus und zielt auf das Vordach der Tankstelle. Es prasselt und pladdert, dass Gott erbarm.

Lilith passiert die Zapfsäulen, betritt den Shop und steuert zielsicher auf die Stehtische des »PetitBistro« zu. Neben Servietten, Umrührstäbchen und Kaffeesahne liegt ein Haufen gelb- und orangefarbener Zuckersticks in einer Plastikschale. Liliths Rechte greift in die Schale, zieht Sticks wie Lose, hofft auf Energiegewinn. Mit zitternden Fingern reißt sie ein Päckchen auf, schüttet sich die Handfläche voll und schleckt den Zucker wie Brausepulver.

Der Tankwart stellt eine Frage. Lilith blickt auf. Sie kennt ihn gut, den Mann, der wochentags die Nachtschicht macht, hat ihm schon unzählige Liter *Durstlöscher,* Schnaps und Benzin abgekauft. Ihre Augen wandern zwischen den Zuckersticks und dem Spirituosenregal hin und her. Brennstoff. Sprit. Was zum Schlecken, zum Schlucken, zum Stillen und Betäuben, das braucht sie jetzt! Aber all das kostet Geld, und in den Taschen der farbverspritzten Hose, deren Stoff sich feucht und schwer an ihre Schenkel schmiegt, findet sie nicht einen Cent. Nur den Cutter. Die kleinen glitzernden Perlen, die von ihrer Nasenspitze auf den Stehtisch fallen, sind kein Zahlungsmittel …

Die Stimme des Tankwarts lässt sie zusammenzucken. Er steht am Rand der Wasserlache, die sich zu ihren Füssen gebildet hat, und hält ihr ein Handtuch hin. Der trockene, krause Stoff wird nass und dunkel. Und rot. Der Tankwart entdeckt die Blutspur, die zu Liliths linkem Ärmel führt.

»Herzeigen«, fordert er. Folgsam entblößt Lilith eine Schnittwunde, vier Zentimeter lang, einen halben Zentimeter tief.

»Mensch, Mädchen …«

Wo vorher Umrührstäbchen, Kaffeesahne und Zuckersticks waren, liegt nun ein Erste-Hilfe-Koffer, und Lilith muss nichts weiter tun, als stillhalten. Stillhalten und beobachten, wie sich der Wundschlitz mit Jodlösung füllt; zusehen, wie Tankwarthände die Wundränder abtupfen und zusammendrücken; abwarten, bis sie den Wundmund geschlossen, mit Leukostrips geknebelt und unter Mullbinden versteckt haben.

»Du machst Sachen …«

Sie hört ihn gut, nur sagen kann sie nichts. Wo Sinne und Stimme waren, sitzen Schock und Schrecken. Der Flattermann hat sie ausgeplündert, ihr den Verstand geraubt. Wortlos verlässt sie den Shop. Es regnet noch immer. Der Tankwart lässt die Kasse im Stich, schreit und hastet hinter ihr her. Am Ende der Einfahrt, wo die Säule mit dem aralblauen Diamanten in den Himmel ragt, drückt er Lilith einen Regenschirm in die Hand.

Dienstag, 2.40 Uhr. Auf der schwäbischen Barockstraße herrscht Aquaplaninggefahr. Ampeln und Hängeleuchten belichten den wässrigen Film, der dünn und durchsichtig über der Fahrbahn liegt wie eine Glasur, ein Guss aus Regen.

Lilith wandelt durch Lachen, die Schuhe zwei vollgesogene Lederschwämme, aus denen ihre Füße quietschend

und quatschend Wasser pressen. Sie braucht einen Unter-
schlupf; einen Ort, an dem sie auf den Morgen warten
kann. Sie denkt an Rufus. Aber was kann der schon tun?
Sie hat die Gegend verlassen, in der fremde Hilfe sie erreichen könnte; bewegt sich in Gefilden, die kein anderer
betreten kann.

Dienstag, 2.51 Uhr. Das Fenster zum Oberstufenraum des
Goethe-Gymnasiums ist nicht verriegelt.

Manche Dinge ändern sich nie, denkt Lilith und klet-
tert in den muffigen, mit Sperrmüllmöbeln vollgestopften
Raum. Neben dem wackeligen, mit Keksrümeln und Kaf-
feerändern überzogenen Sofatisch schält sie sich aus den
Klamotten, wringt Hose, Longsleeve und Socken aus wie
Putzlappen. Die Heizungsanlage der Schule wurde un-
längst mit einer Zeitschaltuhr versehen. Vor sieben Uhr
ist mit Wärme nicht zu rechnen. Kurzerhand tritt Lilith
ans Fenster, reißt den Vorhang von der Schiene und hüllt
sich in den grauen Stoff. Dann kauert sie sich in einen
der ramponierten Sessel und harrt auf Helligkeit.

Dienstag, 7.10 Uhr. Die Entfernung vom Oberstufenraum
des Goethe-Gymnasiums bis zur Einliegerwohnung der Familie Zerl beträgt sechs Kilometer.

Als Lilith in ihre Straße einbiegt, schütteln die Wolken ihre letzten Tropfen ab. Tapferkeit ist nicht Liliths Stärke. Ihre Beine sind zwei scheue Pferde, verweigern das Weitergehen, scheren sich einen Dreck darum, dass sie am Zügel
reißt. Nur die Erschöpfung kann ihren Widerstand brechen, sie vorwärtstreiben bis zur Haustür.

Dienstag, 8.30 Uhr. Auf dem Schirm, den der Wind durchs Dorf trägt, steht ALLES SUPER.

Im Gespinst

Gertrud Danquart tritt in die Pedale. Sie will pünktlich sein, denn Pünktlichkeit und Zuverlässigkeit stehen für sie auch dann an erster Stelle, wenn ihre Arbeitgeber auf Reisen sind. Seit fast zwanzig Jahren bessert sie ihr Verkäuferinnen-Gehalt auf, indem sie dienstags und donnerstags die Zerl'schen Fenster, Bäder und Böden putzt. Frau Zerls Frage, ob sie sich in den kommenden Wochen auch um die Pflanzen und die Post kümmern könnte, hat sie selbstverständlich bejaht. Dass Herr und Frau Zerl sie außerdem gebeten haben, ein Auge auf ihre Lilith zu haben, macht Gertrud stolz; beweist, dass sie längst nicht mehr nur die Putzfrau, sondern eine Vertraute der Familie ist.

Als sie die Stufen zum Haus hinaufeilt, ist sie in Gedanken schon ganz bei der Arbeit. Heute sind die Böden dran, die Böden und – »Jessesmaria!«, Gertrud fasst sich an die Brust, »wie schaust du denn aus?« Die junge Zerl zu so früher Stunde auf den Beinen anzutreffen – und noch dazu in diesem Aufzug! –, nein, damit war wirklich nicht zu rechnen.

Für einen kurzen Moment stehen sich Gertrud (63, vierschrötig, grauhaarig, Brille) und Lilith (19, schmal, schwarzhaarig, Augenringe) gegenüber und mustern einander, wobei Lilith weniger mustert, als vielmehr geradeaus ins Leere starrt, während Gertrud angesichts der abgewetzten Malerhose unwillig den Kopf schüttelt.

»Hast dich wieder rumgetrieben?« Dass sie nicht geschlafen hat, sieht ja ein Blinder … Und bleich ist das Mädel! Kalkweiß wie die Wand. Schlüssel hat sie offenbar auch keinen dabei ... Gertrud schließt die Haustür auf. Vorsichtig folgt Lilith der Frau, die ihr einst die Flasche wärmte, in die Garderobe.

»Frau Danquart? Ich ... Ich glaube, unten, in der Einliegerwohnung, da ist was ... ein Tier –«

»Ach du liebe Zeit!« Gertrud eilt die Treppen hinunter. Es werden doch keine Mäuse sein, oder, schlimmer noch, Ratten? Dutzende liegende und stehende Papierrollen versperren den Flur, und es dauert eine Weile, bis sie sich den Weg zu jenem Zimmer freigeräumt hat, in dem sie seit Monaten nicht mehr putzen darf. Das Fenster steht sperrangelweit offen. Auf dem Fußboden spiegeln sich die verstaubten Rippen des Heizkörpers in einer Regenpfütze.

»Haidanei ...« Gertrud Danquart sperrt Mund und Augen auf. Frau Zerl hat recht, der Raum ist ruiniert. Zum Fenster zu gelangen, ohne dabei auf einen Farbfleck zu treten, scheint unmöglich. Besorgt um ihre blütenweißen Birkenstocksandalen, durchquert sie das Chaos, steigt über Lackdosen, Lappen, Mülltüten, weicht herumliegenden Mal- und Schreibwerkzeugen aus, kurvt um Kisten und Klebebandrollen. Aus der mit Lacklaufspuren schraffierten Tapete ragen dicke Eisennägel. Unwillkürlich muss Gertrud an den gekreuzigten Jesus denken, der ihr jeden Sonntag in der Kirche begegnet. Er war ihr immer unheimlich, dieser geschundene, leidende Mensch, der so gar nichts von einem Heiland hat. Plötzlich ist ihr Hals ganz trocken. Das Schlucken fällt ihr schwer. Sie fühlt sich unwohl in diesem Gespinst aus Farbe, das sich bis in den letzten Winkel des Zimmers spannt wie das Netz einer exotischen Spinne.

Mäuse oder Ratten entdeckt sie zum Glück keine. Nur ein paar tote Stubenfliegen.

XI

Ich kann nur hoffen, dass der Regen ihn getötet hat. Wie viele Salven Wasser braucht es, um einen Falter von solch enormer Größe niederzustrecken? Hat ihm das Geprassel die Flügel zerfetzt? Was, wenn er den Regen gewittert und sich rechtzeitig verkrochen hat? Was, wenn er gegen Nässe immun ist? Schließlich ist er die Ausgeburt meines Buntlacks, und der ist, laut Hersteller, stoßfest, schlagfest und witterungsbeständig. Mein Verdacht, dass er sich noch immer in der Einliegerwohnung aufhält, erhärtet sich von Stunde zu Stunde. Ich vermute ihn dort, wo er am besten getarnt ist: in meinen Bildern.

Der Lackfalter, dieser geschuppte Teufel, ist nachtaktiv. Tagsüber faltet er die Flügel, schlüpft in eine Papierrolle und wartet auf die Dämmerung. Ich rede mir ein, dass keine Gefahr von ihm ausgeht, solange es hell ist – denn wie soll ich die Tage verbringen, wenn nicht malend? Wie soll ich nachdenken, wenn nicht schreibend? Beides ist nur in der Einliegerwohnung möglich. Ich kann nirgendwo anders hin.

Sonne und Mond heben und senken rhythmisch meinen Panikspiegel. Die Wachsamkeit meiner Angst erstaunt mich: Schon mit dem ersten Abendrosa marschiert sie auf. Ihre Schergen schwärmen in mir aus und besetzen meinen Körper bis in die frühen Morgenstunden. Das Signal zum Rückzug ist ein Zwitschern. Ob die Vögel wissen, dass sie es sind, die meine Angst zurückpfeifen? Eher nicht. Aber *wenn*, wenn sie es wüssten, würden sie dann Nachtwache halten? Abwechselnd singen und schlafen, nur für mich? Wohl kaum.

Eines darf ich nicht verschweigen, so merkwürdig es auch klingen mag: Das Erscheinen des Falters auf der Bildfläche (genauer: das Entkommen des Falters aus der Bildfläche) hat meinem Dasein verliehen, wonach ich mich immer gesehnt habe – einen Sinn. Dass ich mit meiner Arbeit tatsächlich etwas erschaffe, daran zweifle ich nun nicht mehr, und auch der Arbeitsrhythmus, die festen Zeiten, die ich einhalte, sind nicht länger willkürlich – was ich tagsüber kreiere, wird nachts zur Kreatur. Schwer zu sagen, ob mir ein Sinn, der mir weniger Angst macht, lieber wäre. Ich hatte keine präzise Vorstellung, keinen Wunschsinn im Sinn, wollte einfach irgendeinen. Jetzt hab ich ihn.

Jetzt hat er mich.

XII

Um die Mittagszeit ist die Angst am schwächsten. Wärme und Sonnenlicht verändern das Klima im Innenraum meiner Körpermaschine. Helligkeit dringt durch die von Angstschweiß beschlagenen Frontscheiben und sorgt für Klarsicht. Leider lässt mich meine zurückgewonnene Sehschärfe vor allem das sehen, was undurchsichtig ist. Mein Verstand kann nichts von dem, was mir widerfahren ist, begreifen oder erklären. Die Zusammenarbeit von Wahrnehmung und Wissen misslingt, denn was die Sinne an Eindrücken zuliefern, kann nicht wie gewohnt weiterverarbeitet, nicht eingeordnet werden. Zu wissen, dass meine Entscheidung, den Falter als real anzuerkennen, gegen jede Vernunft spricht, quält mich, und ich hasse mein Hirn, diesen grauen, trägen Denkdarm, der nichts Besseres gelernt hat, als zu zweifeln. Immer nur zweifeln.

Auf der Suche nach einer Erklärung blättere ich in schlauen Büchern, finde jedoch kaum etwas, das mir weiterhilft. Trugbild und Abbild, Wahnvorstellung und Realität – die Gelehrten legen Wert darauf, dass zwischen diesen Dingen, Begriffen, Zuständen ein Unterschied besteht. Einzig im Bereich der Religion überschneiden sich die ansonsten so strikt voneinander getrennten Felder. In den Kelchen der Gläubigen mischen sich Wahrheit und Wunder, Wahn und Wirklichkeit, wird Wasser zu Wein und Wein zu Blut … Aber die Religion ist eine Sackgasse. Mein Verstand will vom Glauben nichts wissen. Allein die Ikonen, auf die ich bei meinen Streifzügen stoße, interessieren ihn.

Die Ikone. Das Abbild mit wahrem Wesenskern. Das Bild, das die Gottheit oder, in meinem Fall, den Falter anwesend sein lässt … Doch zwischen den Ikonen und meiner Malerei besteht ein entscheidender Unterschied: Der Gott der Ikonenmaler bleibt innerhalb der festen Grenzen des Bildträgers. Er ist präsent, aber statisch; wirkt zwar in den Raum, bewegt sich jedoch nicht in ihn hinaus. Mein Falter dagegen hat sich losgerissen, hat das Rechteck verlassen, das ihn gefangen hielt. Warum? Weil ich ihn nicht mit Blattgold bestochen habe?

Wie es die Ikonenmaler bewerkstelligen, ihren allmächtigen Gott dauerhaft an ein Stück Holz zu fesseln, und wie es sein kann, dass ein Maler den, der ihn erschaffen hat, wiederum selbst erschafft, wird nirgendwo erklärt. Spätestens hier kriecht mein Verstand erneut aus seiner Tonne. Diesmal, um mich darauf hinzuweisen, dass ich nie einen Falter gemalt habe, wogegen die Ikonenmaler sehr wohl ihren Christus, ihre Gottesmutter, und was sie sonst noch im Repertoire hatten, dargestellt haben.

Ich muss ihm recht geben. Ich wollte die Zeit malen oder, genauer, malend zeitlos werden. Dass dabei zuweilen spiegelsymmetrische Muster entstanden sind, seitengleiche Formen und Felder, wie sie auch auf Falterflügeln vorkommen, war reiner Zufall. Oder war es Vorsehung? Beides ist möglich, die Begriffe lassen sich nach Belieben vertauschen. Absicht war es jedenfalls keine.

Aber was spielt es für eine Rolle, ob ein Wesen absichtlich oder unabsichtlich erschaffen wird? Was existiert, existiert, was da ist, ist da. Die Absicht zu kennen, hieße, das Warum zu kennen, und jene Kenntnis ist bekanntlich dem vorbehalten, was man Gott nennt, erkläre ich meinem Verstand, der sich damit nicht abfinden will und kämpferisch Spinoza zitiert, dem zufolge der Mensch sehr wohl die Fähigkeit hat, die Absicht und den Ursprung der Absicht, den Grund des Grundes, der Gott ist, adäquat zu erkennen. Laut Spinoza sind überdies auch „alle Ideen wahr". Alle Ideen. Das schließt meinen Falter mit ein.

Warum?

Dies ist der automatische Anrufbeantworter der Familie Zerl. Bitte hinterlassen Sie uns eine Nachricht nach dem Signalton, wir rufen Sie dann schnellstmöglich zurück.
PIEEEEP
»Hallo Lilith. Ich bins, Rufus ... Ist bei dir alles in Ordnung? Ich hab auf dich gewartet, aber ... Na, wahrscheinlich bist du am Malen ... Ich geh jetzt ins Bett, aber wenn du mich anrufen willst, ruf an! Glaub sowieso nicht, dass ich schlafen kann ...«

Dies ist der automatische Anrufbeantworter der Familie Zerl. Bitte hinterlassen Sie uns eine Nachricht nach dem Signalton, wir rufen Sie dann schnellstmöglich zurück.
PIEEEEP
»Lilith? Lilith, bist du da? Ich mach mir langsam Sorgen ... Heute war die letzte Mündliche ... Also ... Na ja ... Ich muss die nächste Woche nicht unbedingt anwesend sein ... Ich – ach was, ruf mich einfach an, ja?

Dies ist der automatische Anrufbeantworter der Familie Zerl. Bitte hinterlassen Sie uns eine Nachricht nach dem Signalton, wir rufen Sie dann schnellstmöglich zurück.
PIEEEEP
»Wieder mal ich ... Mann, Lilith. Ich vermisse dich ... Mehr hab ich eigentlich nicht zu sagen.«

Dies ist der automatische Anrufbeantworter der Familie Zerl. Bitte hinterlassen Sie uns eine Nachricht nach

*dem Signalton, wir rufen Sie dann schnellstmöglich zu-
rück.*

PIEEEEP

»Wenn du sauer auf mich bist, dann sag mir wenigstens, warum!«

*Dies ist der automatische Anrufbeantworter der Familie
Zerl. Bitte hinterlassen Sie uns eine Nachricht nach dem
Signalton, wir rufen Sie dann schnellstmöglich zurück.*

PIEEEEP

»Okay. Also, entweder du hasst mich und bist allein nach
Bora Bora abgehauen, oder du liegst tot in der Einliegerwohnung. So oder so, ich komm jetzt vorbei!«

Darum!

Ich habe mich überschätzt; mich in meiner Verblendung für die Ursache, den Schöpfer, den Erschaffer gehalten. Ich bin es nicht. Den Beweis dafür fand ich heute, natürlich zur Mittagszeit, in einer der alten Apfelkisten, in denen ich einst Paules Lackreste nach Hause schleppte. Aus einer Laune heraus stellte ich damals den kleinen feuerroten Kegel, den er mir bei meinem ersten und einzigen Werkstattbesuch in die Hand gedrückt hatte, zu den Dosen. Dann vergaß ich ihn.

Zu den Fakten: »Die Eier der Schmetterlinge gehören zu den komplexesten der Insekten. Es existiert eine ungeheure Formenvielfalt, die zwischen schmal, spindelförmig, oval, kugelig, halbkugelig, linsenförmig und flach zylindrisch variiert.« Diese Aufzählung ist unvollständig. Das Ei, aus dem die Raupe meines Falters geschlüpft ist, hat die Form eines Kegels.

Vorsichtig berge ich die glänzende Hülle, in der das Leben des Lackfalters begann, aus der Kiste. Der Riss, durch den sich die Raupe ins Freie gezwängt hat, teilt die Mantelfläche in zwei Hälften. Abgesehen von jenem Spalt ist das Kegel-Ei nach wie vor intakt.

Wie konnte ich vergessen, dass es keine Puppe ohne Raupe, keine Raupe ohne Ei geben kann? Wie das Offensichtliche übersehen? Meine Eitelkeit hat mich dazu verführt, mich als den Erzeuger der Kreatur auszugeben. Dabei war ich nie mehr als ihr Futterknecht. Nichtsahnend habe ich die Raupe an meinem Busen genährt, ihr literweise Lack eingeflößt, bis – ich klatsche mir die Hand gegen die Stirn, starre ins Feuerrote. Das Licht der Erkenntnis fällt durch meine Pupillen, stürzt ins Schwarz wie in einen Brunnen.

Meine Linsen bündeln die Strahlen zu Kegeln.

Ich verstehe alles.

König Midas

Das Garagentor steht offen. Hinter Rasenmäher und Häcksler ragen schwarze Haken aus der Wand, von denen das Gartenwerkzeug baumelt wie geschlachtetes Vieh. Lilith ist weder tot noch verletzt, noch auf dem Weg nach Bora Bora, sondern im Begriff, einen Spaten von der Wand zu nehmen. Rufus atmet auf. Er lehnt sein Fahrrad gegen einen Pflanzring und überlegt, ob er eine der Rosen stibitzen soll, die über den Rand des Betonbeckens hängen; doch als er die Blüte zu sich heranzieht, erscheint ihm das Rosenrot plötzlich blass, die Blume belanglos. Ob er sie pflückt oder nicht: Sie wird nicht weiterwachsen, wird welken und absterben. Er lässt den Zweig zurückschnellen, beobachtet die Bewegungen der Blüte, die hin und her schwankt wie der Kopf eines an Hospitalismus erkrankten Tiers. Nein, Rufus braucht kein Symbol. Schon gar nicht solch ein jämmerliches.

Mit schnellen, entschlossenen Schritten überquert er den Hof und betritt die Garage. Liliths Anblick erschreckt ihn. Sie hat in den letzten Tagen einiges an Gewicht verloren. Augenbrauen, Nase und Wangenknochen ragen steil und spitz über dunklen Höhlen auf. Wo Fleisch war, ist Leere; wo Licht war, ist Schatten.

Er würde sie gerne umarmen, aber dafür hat Lilith jetzt keine Zeit. Auf seine Frage, ob sie seine Nachrichten abgehört hat, antwortet sie nicht. Stattdessen drückt sie ihm eine Schaufel in die Hand. »Hier. Nimm du die«, sagt Lilith, während sie Spaten und Hacke schultert.

»Was hast du denn vor?«

»Ich muss die anderen Kegel finden.« Und bevor er die nächste Frage stellen kann, verlässt Lilith die Garage.

Er läuft ihr nach, verwirrt und verwundert, die alte Schaufel in der Rechten. Seite an Seite gehen sie die Straße entlang, halten sich rechts, nähern sich dem Ortsrand. Plötzlich bleibt Lilith stehen. »Paul Fuchs! Verstehst du? Paul Fuchs!!«

»Was? Wer soll das –«

»Der alte Paule! Er hieß Paul Fuchs!«

»Ja, und?« Rufus versteht kein Wort.

»Begreifst du nicht? Paul! Das heißt ›der Kleine‹ … Der kleine Fuchs!«

Wovon zur Hölle spricht sie? Er schüttelt den Kopf, macht eine ratlose Geste.

»Der kleine Fuchs ist ein Falter!!«

Sie laufen weiter, steuern geradewegs auf ein kleines schmutzig-weißes Haus mit spitzem Dach und grünen Fensterläden zu. Ein Haus wie aus dem Bilderbuch – hat Lilith es nicht so beschrieben, damals, als sie ihm die Geschichte vom alten Paule und seinen Kegeln erzählt hat?

Rufus folgt Lilith durch das Gartentor und sieht sich um, staunt über die blinden Fensterscheiben, den abbröckelnden Putz und die Ameisenhaufen im kniehohen Gras. Was bislang nichts als eine Erzählung, ein typisch Lilith'sches Märchen war, wird Wirklichkeit. Offenbar gab es diesen Paule tatsächlich, und, wer weiß, vielleicht gab es sogar die Kegel, die Lilith als Kind gesehen haben will … Was aber hat all das mit Schmetterlingen zu tun? Ein lautes Rumsen lässt ihn die Frage auf später verschieben.

Der alte Schuppen hat es nicht leicht. Pilzkulturen zerfressen seine vergrauten Latten, wuchern und wachsen wie

Krebszellen, machen ihn morsch und mürbe. Gelbe und grüne Flechten verunstalten das Blechdach, dessen glänzende Wellen einst über dem Holz lagen wie frisch pomadisierte Locken. Umringt von dichten Büscheln aus Brennnesseln, die darauf schließen lassen, dass auch die Hunde und Katzen der Nachbarschaft keinen Respekt vor dem Alter haben, harrt der Schuppen der Stunde seines endgültigen Zusammenbruchs.

Momentan rütteln jedoch nicht Wind und Wetter, sondern Rufus und Lilith an seiner Tür, die kaum Widerstand leistet und sich erstaunlich leicht eintreten lässt. Probeweise klickt Rufus am Lichtschalter: nichts. Kein Strom, kein Licht und, wie Rufus erleichtert feststellt, auch keine Kegel. Der Schuppen ist leer. »Und jetzt?«

»Jetzt graben wir«, sagt Lilith und schwingt die Hacke.

In den darauffolgenden Stunden reißen Rufus und Lilith die komplette Grasnarbe auf und verwandeln Paules Garten in eine dunkelbraune, erdige Wunde. Woher Lilith die Kraft für diesen Wahnsinn nimmt, bleibt Rufus ein Rätsel. Unermüdlich und beständig wie ein Mühlrad arbeitet sie; hackt, schippt und schaufelt ohne Unterlass. Dies ist ihr Claim, ihr Revier, ihre Grube; der Ort, in den sie all ihre Hoffnungen setzt.

Bei Sonnenuntergang ist alles durchwühlt und nichts gefunden. Die schmerzenden Rücken gegen die Westwand des Schuppens gelehnt, sitzen sie nebeneinander im Dreck. Rufus nimmt Liliths Hand, legt sie in seine, vergleicht und zählt die Blasen auf ihren Handflächen, dieweil die sinkende Sonne ihre langen Finger nach Lilith ausstreckt und ihren Blick vergoldet wie König Midas seine Speisen. »Gelborange …«, sagt Rufus.

»Was?«

»Deine Augen. Wie ein Uhu.«

Und als er sie lachen hört und ihren Kopf an seiner Schulter spürt, ist er glücklich.

Fürst Igor

Nachdem sie den ganzen Vormittag lang Fenster geputzt hat, gönnt sich Gertrud eine Zigarette. Der Betonsims im zweiten Stock, der ursprünglich für Blumenkübel gedacht war, ist der ideale Raucherbalkon. Gertrud setzt sich. Die Beine tun ihr weh. Sie streift die Birkenstocksandalen ab, steckt sich eine Marlboro an und lässt die Fußgelenke kreisen. Venengymnastik … Wenn die Krampfadern erst einmal da sind, nutzt das auch nicht mehr viel. Sie nimmt einen tiefen Zug, genießt den Geschmack und die Aussicht. Kein Wunder, dass die junge Zerl und der Zahnarztsohn so gern hier oben sitzen.

Der Aschenbecher müsste dringend geleert werden. Als Gertrud nach der übervollen Keramikschale greift, auf deren Rand der Name »Zur grünen Eiche« prangt, bemerkt sie ein kunterbuntes Heft, das mit gespreizten Seiten im Feuchten flackt und seinen bedruckten Bauch an den Beton schmiegt. Um nicht aufstehen zu müssen, zieht sie das Heft mit dem Fuß heran, das offenbar schon einige Tage und Nächte hier draußen verbracht hat. Von den *schönsten Kindergeschichten der Welt zum Sammeln* ist nur noch die lesbar, die zuletzt aufgeschlagen wurde. Die restlichen Seiten haben Regen und Sonne für immer aneinandergeschweißt.

An einem kalten Wintertag, als es heftig schneite, kam Fürst Igor dahergeritten und zügelte sein schnaubendes Pferd genau vor Juschkins Werkstatt. Der Fürst schritt durch die niedrige Tür. Schnee fiel von seinen Stiefeln auf den Boden.

»Uhrmacher Juschkin, diese Uhr muss bis morgen Mittag repariert sein. Meine Frau fährt nach St. Petersburg und will nicht ohne ihre Uhr reisen.«

Juschkin klemmte sich seine Lupe ins Auge und betrachtete die wunderschöne Uhr, die nicht größer als ein Daumennagel war. Das Zifferblatt war aus Perlmutt von milchweißer Farbe, die Zeiger aus feinstem Gold, und als Ziffern funkelten Diamanten und Rubine. Eine so schöne Uhr ließ gewöhnlich das Herz des alten Juschkin höherschlagen, aber diesmal räusperte er sich nervös. »Herr, ich muss die Uhr erst öffnen, ehe ich weiß, ob sie bis morgen repariert werden kann. Es ist möglich, dass ich die Ersatzteile für ein so edles Stück gar nicht in meinem Laden habe.« Aber Fürst Igor hörte nicht auf ihn.

»Uhrmacher Juschkin, entweder habt Ihr die Uhr bis morgen repariert, oder es soll Euch übel ergehen!« Er schlug mit der Reitgerte auf die Werkbank und knallte die Tür hinter sich zu.

Juschkin nahm den Deckel der Uhr ab, besah sich das winzige Uhrwerk durch seine Lupe und seufzte. »Es hat keinen Zweck, Wladimir. Das schaffe ich nie bis morgen.«

Wladimir betrachtete die Uhr durch seine eigene Lupe, so wie er es von seinem Vater gelernt hatte. »Die Feder ist kaputt, Vater. Das ist alles.«

»Schon wahr, mein Sohn, aber diese Feder ist die feinste der feinen. Sie ist aus den Härchen eines Schmetterlingbeins gemacht. Nicht einmal der Hofuhrmacher von St. Petersburg hat eine solche Feder.«

Eine Zeitlang herrschte in der Werkstatt eine drückende Stille, die nur vom Ticken der Uhren unterbrochen wurde. Schließlich brach Juschkin das Schweigen.

»Wir können nur eines tun, Wladimir. Wir müssen –«

Genug gefaulenzt! Gertrud drückt die Zigarette aus und schlüpft zurück in die Sandalen. Dann geht sie den Aschenbecher leeren.

Crack!

Tausendundeine Wasserbombe im Schulhaus. Gegröle und Gekreische im Konfettigestöber. Vom Flachdach fallen extraweiche Sternschnuppen mit langen dreilagigen Schweifen. Abi-Scherz.

Mir ist nicht nach Scherzen, aber Kurt besteht darauf, meint, wir hätten allen Grund zur Freude, denn im Gegensatz zum Rest der Stufe bräuchten wir keinen besonderen Anlass zur Ausgelassenheit …

Überall Kisten und Flaschen. Wir bedienen uns. Es riecht nach Kreide, Teppich, Prüfungsangst, nach Pflicht und Druck und einem Leben, das ich hinter mir gelassen habe. Kurt packt sich einen Stuhl und lässt ihn durch die Aula segeln. Zwei Blondinen protestieren: Also das geht nun wirklich zu weit! Man will hier keinen Stress. Kein Stress, kein Exzess, keine Eskalation – dafür sorgt der Staudacher schon. »Verpiss dich, Kurt!«, fordert er und reckt stolz die Brust, auf der SECURITY zu lesen steht. Lächerlich. Kurt ist trotzdem angefressen.

Wir entscheiden uns für einen taktischen Rückzug auf den Parkplatz, wo ich Großvaters Kiste und Kurts Laune nach altbewährter Methode um 180 Grad drehe. (Auf 50 km/h beschleunigen, am Lenkrad drehen, Kupplung treten und gleichzeitig Handbremse anziehen. A turn for the better, auch wenn dabei das Bier überschwappt.) Und nun? In Kurts Jackentasche knistert was. Er knipst die Innenraumbeleuchtung an und wedelt mit einem Tütchen, lässt es unter dem Rückspiegel hin und her baumeln wie einen Wunderbaum. Ein ganzes Gramm für uns allein.

Die EC-Karte der Postbank ist gelb und blau. Wie Schneewittchens Kleid. Leider kein Spieglein zur Hand. Nur der *Atlas für Himmelsbeobachter*, glänzend laminiert. Auf dem Cover liegt Stardust über Sternhaufen: Nervenzucker für Gottes bitterschwarzes All. Lilithchen darf zuerst. Sie ist die Schönste im ganzen Land, sagt Kurt, der Jäger, der mir seine Hände auf Brust und Schenkel legt. »Heute lass ich dich nicht laufen ...«, droht er, while my head becomes that mine, where a million diamonds shine. Heigh-Ho, Heigh-Ho!

Musik wäre jetzt gut. Aber Kurt kann sich nicht entscheiden, durchwühlt hektisch den Kassettenberg und fördert schließlich das älteste Tape zu Tage, das Herzstück meiner Sammlung. Ratternd und surrend verschwindet der betagte Tonträger im Radioschlitz.

Kurt und Kurt und ich singen im Chor:
»I'm so happy, 'cause today
I found my friends
They're in my head
I'm so ugly, but that's OK
'Cause so are you ...«
Wir steigen aus, lassen die Türen offen stehen.
»Sunday morning is every day
For all I care
and I'm not scared ...«
Kurt fasst nach meiner Gürtelschnalle und zieht mich zu sich heran.
»And just maybe
I'm to blame for all I've heard ...«
Meine Lippen sind leichtsinnig, die Zunge liederlich.
»But that's OK. My will is good ...«
Und während ich denke, dass er genau wie früher

schmeckt, schnalzt es in meinem Rücken. Ein Klirren beendet unseren Kuss. Es regnet Scherben und Schaum. Dazwischen fällt, hüpft und kullert ein silbriges Etwas aus Stahl. Ich stoppe das Geschoss mit dem Fuß, verstecke es unter der Sohle. Kurts Finger bluten. Er flucht.

»Zeig her«, sage ich, lecke ihm das Blut vom Daumen und bin enttäuscht: Das Gemisch, das mein Zungenvlies aufsaugt, ist kein magischer Trank. Die Gedankenblase aus Kristallpulver und Speichel, in der ich dem Morgengrauen entgegenschweben wollte, ist geplatzt; mir eine neue schillernde Hülle zu schaffen, unmöglich. Der Schuss hat mich aufgeweckt. Ich begreife, dass es Nacht ist. Schlafenszeit. Falterzeit.

»I'm not gonna crack …«

Auch nicht, wenn ich allein auf dem Parkplatz zurückbleibe, weil Kurt sich Pflaster und Bier holen geht?

»… not gonna crack, not gonna crack …«

Auch nicht, wenn meine Kopfhaut kribbelt und mich der Wind mit seinen Schwingen streift? Auch nicht, wenn ums Licht der Laterne die erste Motte kreist?

Die Angst wird schriller, kreischt wie ein verwundeter Vogel, überschreit die Stimme hinter meiner Stirn. Wo bist du jetzt, Rufus? Warum gibst du mir kein Deckungsfeuer?

Das Gebüsch schweigt. Wahrscheinlich bist du schon zu Hause.

Mein Körper ist ein Fass voll Furcht. Ich muss dem ein Ende machen, muss die Kontrolle zurückerlangen, bevor mein Brustkorb birst. Zitternd steige ich ins Auto und fahre dorthin, wo meine Angst herkommt.

Tiger

Ich bin da! Hörst du? Ich bin da! Es will sich nicht zeigen, das Faltervieh. Will sich verstecken. Mich warten lassen, bis ich den Mut verliere. Aber nicht heute. Komm raus! Ich stoße die Rollen um, mähe alles nieder, dresche auf weiße Garben ein. Wie ein Unwetter breche ich ins Papierfeld, bin ein Sturm namens Lilith mit Fäusten hart wie Hagelkörner. Ich wüte vergebens. Kein Geflatter, kein Getier; nur die Fensterflügel lassen sich packen und aufreißen. Ich werfe die Rollen in den Garten, errichte einen Scheiterhaufen, platziere die großen und kleinen Bilderwickel. Jetzt wirst du ausgeräuchert! Ein Liter Terpentin. Ich lass es fließen, lausche dem Gluggern und Glucksen, gieße den Haufen, tränke trockenen Karton. Streichhölzer strecken mir ihre gelben Köpfe entgegen, ragen aus dem Briefchen wie gerupfte Gänseblümchen. Ich pflücke eins und reiß es an, bewundere den Flammentropfen, das heiße Eis am Stiel. Flieg, Flämmchen, flieg! Fauchend wie ein Tiger stürzt sich das Feuer aufs Papier, verbeißt sich in seinen weißen Fasern, buckelt über Bögen und Blätter, das orange-rote Fell zum Himmel gesträubt. Ein lauer Wind föhnt Funken aus dem Feuerschopf. Ich bin erleuchtet, bedeckt vom Feuerschein, der mein Gesicht in Wärme taucht. Stirb, du Scheißvieh! Verseng dir die Fühler! Verreck in meinem Fegefeuer!

Wir knistern und kichern, lodern und lachen, flackern und fluchen, das Feuer und ich. Weder Falter noch Furcht können uns am Brennen hindern.

Das Krachen, das Fallen, der Sturz der großen Rolle, jener Matruschka aus Bilderbögen, war nicht geplant. Ich sehe ihr beim Stürzen zu. Vom Feuer gefällt, rauscht sie zu Boden, baut eine Brücke zwischen Fenster und Flammen. Aus ihrer Feuerkrone bricht züngelnd ein Zacken, dessen Spitze ins offene Rund einer Lackdose sticht. Schon ist der Lack entzündet, gleich steckt er seinen Nachbarn an. Zu Füßen der Fensterbank brennen Dosen wie Opferkerzen. Scheiße! Ich muss rein! Muss löschen, muss verhindern, dass –

Ich ziehe die Jacke aus und peitsche blindlings die Flammen. Eine Jacke ist kein Löschgerät. Das Feuer breiter als mein Rumpf. Von draußen weht es warm herein. Funken reisen per Luftzug an. Der verfluchte Wind sabotiert meine Erstickungsversuche … Jetzt brennt auch die Jacke. Ich trete auf den Ärmel ein. Mein Schuh fängt Feuer. Panisch reiße ich ihn vom Fuß. Vor mir wogt ein Meer aus Hitze. Der Feuerball, der einst mein Schuh war, rollt über den Boden, dessen hölzerner Belag gleißt und glimmt. Lacke, Lappen, Pinsel und Papiere werden Fackelträger, reichen die Flamme weiter, lassen sie hitzig durch den Raum kreisen und vermehren ihr Licht. Glühende Spritzer verfangen sich in meinem Haar. Augenbrauen verschmoren. Ich irre umher, pralle gegen Feuerwände. Wellen aus Schmerz überspülen mein Gesicht. Der Feuergürtel zieht sich zu. Um Hilfe schreien! Ich muss um Hilfe schreien! Qualmwolken türmen sich auf, verhüllen die Zimmerdecke, vernebeln mir die Sicht. Rauch dringt in meinen kreischenden Mund, füllt und vergiftet meine Lungen.

Ich will nicht sterben.

Kopfschmerz und Schwindel schlagen mich nieder. Atme, Lilith! Atme! Doch es ist nichts zum Atmen da. Ein süßlicher Geruch. Dann wird es dunkel.

Tubus

Marienhospital Stuttgart, 1 Uhr früh.

Intubierte und kontrolliert beatmete Patientin mit insgesamt 70 % verbrannter Körperoberfläche, davon 40 % Verbrennungstiefe Grad 3 zuzuordnen. (...)

Tiefverbrannte Areale an Kopf und Gesicht sowie an beiden Unterarmen unter Einschluss beider Hände. (...)

Der Hautmantel hängt in Fetzen. Die Schultern schwärzt verschmortes Haar. Wo vormals das Gesicht war, wölbt sich ein rußiger Ballon mit Schlitzen. Eingebrannte Baumwollreste verkleben Brust, Bauch und Beine. Wundfarben leuchten roh; verkochtes Fettgewebe schimmert weißlich. Es stinkt nach verbranntem Fleisch. Über den Rand der Vakuummatratze ragen verkokelte Krallen hinaus, deuten ins Leere.

Cut!

Zwanzig Jahre später hält ein Taxi vor dem Rathaus. Ein Mann steigt aus. Er reist mit leichtem Gepäck: einmal Unterwäsche und Socken zum Wechseln, Zahnbürste, Rasierzeug sowie eine Ausgabe der Fachzeitschrift *The Astrophysical Journal*, deren Leitartikel in diesem Monat aus seiner Feder stammt. Der Taxifahrer reicht ihm die abgewetzte Sporttasche und nimmt das Geld entgegen. Vom Kirchturm schlägt es zwölf.

Auf der Westseite des Dorfplatzes, auf dem einst die Gsälzbären ihre Hits zum Besten gaben, spannt Regina die Sonnenschirme auf. Sie lässt sich Zeit, wischt jeden Tisch zweimal, rückt Plastikstühle, Speisekarten und Aschenbecher zurecht. Bevor der Chef nicht seinen Frühstücksschnaps intus hat, will sie ihm lieber nicht begegnen.

Dumm nur, dass ausgerechnet jetzt ein Herr mit Sporttasche auftaucht, der nicht auf der Terrasse, sondern am Tresen sitzen will. Neugierig mustert Regina den Unbekannten. Er trägt einen schwarzen, gutsitzenden Sommeranzug aus leichter Schurwolle. Dazu ein weißes Hemd und schwarze Lederschuhe mit geschlossener Schnürung. Sie schätzt ihn auf Anfang vierzig.

»Was darfs denn sein?« Der kalte, blau-grün-graue Blick, den er ihr über den Rand der Getränkekarte hinweg zuwirft, macht sie nervös.

»Einen Tee, bitte.«

»Einen – was?«

»Einen Tee. T. E. E. Heißes Aufgussgetränk mit getrockneten Pflanzenteilen, schon mal gehört?«

»Ja … ja, natürlich.« Sie bemerkt die kleine gelbliche Verdickung im linken Auge des Fremden.

Kaum dass Regina den Tee serviert hat, fliegt die Schwingtür zur Küche auf, und der Chef – groß, schlank, das unrasierte Gesicht mit der scharfgeschnittenen Vogelnase und den dunklen Augen halb verdeckt von einer Rechnung des Getränkelieferanten – betritt die Gaststube. Reflexartig greift Regina nach einer Espressotasse und stellt eine Flasche mit Obstbrand neben die Kaffeemaschine. Doch die Bestellung, der gebellte Befehl, bleibt heute aus. Stattdessen lässt der Chef die Rechnung sinken und starrt Richtung Tresen. Offenbar kennt er den Teetrinker.

Tatsächlich weiß der Besitzer des Gasthauses »Zur grünen Eiche« eine ganze Menge über den Mann, der den Barhocker zur Seite geschoben und seine Tasse im Stehen geleert hat. Studium und Promotion an der Christian-Albrechts-Universität zu Kiel, Habilitation in Karlsruhe, Auslandsaufenthalt in Chile – er hat die Website der Universität Tübingen, an der Dr. Rufus Kapp seit kurzem als Professor tätig ist, bestimmt ein Dutzend Mal besucht, sich den Lebenslauf und das Passfoto angesehen. Merkwürdig, dass er nicht mehr schielt … Aber was ändert das schon? Seine Vergangenheit ist genauso inoperabel wie meine, denkt er, nimmt ein Schnapsglas aus dem Regal und schenkt sich ein. Die langen, olivbraunen Finger, mit denen er den Flaschenhals umfasst, zieren zwei dünne Narben.

Fischer

Vom Gasthaus zum Friedhof ist es nicht weit. Im Nachhinein ist Rufus froh, dass er den Obstbrand, der ihm »aufs Haus« serviert wurde, nicht abgelehnt hat. Nüchtern hätte er es nicht mal bis zum Portal geschafft. Die eintönige Architektur innerhalb der Friedhofsmauern erinnert an amerikanische Großstädte. Gleichförmige, schachbrettartig angeordnete Kieswege führen Rufus von Steinblock zu Steinblock. Lilith liegt in der Reihe hinter den Kindergräbern. Ihr Grab ist grün. Immergrün und efeugrün. Am Kopfende ragt eine schmale Stele aus dem giftigen, vielblättrigen Deckbett empor. Weiß, gebürstet und graviert strebt der Marmorstein dem Himmel entgegen. Es war schon jemand hier; hat ein Grablicht gekauft und einen Blumenstrauß abgelegt. Roter Mohn. Das hätte Lilith gefallen.

Dreckskerl. Er hasst ihn noch genauso wie damals. Ihn und seine Lippen, die letzten, die Lilith geküsst hat.

Jetzt ist das Weinen da. Der Körper unterscheidet nicht zwischen verzweifelt und hilflos, wütend und zornig, bitter und bitterlich, produziert immer dieselbe Flüssigkeit, interessiert sich nicht für die Gründe. Wenn er könnte, würde er endlos weiterweinen. Eine Sintflut aus Tränen hereinbrechen lassen, bis die ganze beschissene Schöpfung ersoffen ist und Gott seinen Fehler endlich einsieht.

In der Innenseite seines Jacketts stecken ein vierfachgefaltetes Blatt Papier und Streichhölzer. Vorsichtig schaut er sich um, vergewissert sich, dass niemand in der Nähe ist. Dann zieht er den Brief aus der Tasche, zündet ihn an und lässt die Flammen an den Zeilen lecken.

Lilith.

auf dem Weg zu dir, seit zwanzig Jahren auf dem Weg zu dir

Was nützt es?

Professor ...
Würde dich keinen Scheiß interessieren

träume oft

Die Operation ist geglückt.
jetzt mit beiden Augen

nur dich kann ich nicht sehen.
Die Angst, dass du mich nicht mehr erkennst, wenn du mich abholen kommst

Kein Tag

stelle mir manchmal vor, du seist nicht

sondern auf Bora Bora.
Ich bin dann der Fischer und du meine Frau.

dich.   *dich immer*
weißt du genau.

Rufus.

Er vergräbt die Asche unter dem Efeu.

Fänger

Kein Mond, nur Wolken. Träge Nebelmassen, die einen Schubs bräuchten, um es über die Hügel zu schaffen. Doch der Wind hat sich bereits zur Ruhe gelegt, spart seinen Atem für später, wenn das Wetterleuchten erlischt und es Zeit wird für den großen Umschwung.

Rufus schwitzt. Auf seinem Rücken klebt der Rucksack mit den Tötungsgläsern. Ein Tropfen perlt von seiner Stirn, mischt sich in die Schwüle wie Badesalz. Ihm schwindelt. Nur nicht schlappmachen jetzt. Im Rhythmus bleiben. Links, rechts, links, rechts und dabei atmen: tief ein und aus. Am Tag erschien ihm die Strecke kürzer. Die Wiese am Waldrand ist reich an Buschwerk, kleinen Bäumen und Sträuchern. Ideales Fanggebiet. Rufus setzt den Rucksack ab und pflanzt den Stock, der ihn auf seinen nächtlichen Streifzügen stets wie einen Hirten ohne Herde aussehen lässt, ins weiche Erdreich.

Das Anzünden der Benzinlaterne erfordert Konzentration. Argusäugig schiebt Rufus das brennende Streichholz durch die Anzündöffnung, dreht den Helligkeitsregler auf *high* und hängt die Laterne an einen Nagel am oberen Ende des Stocks. Der Aufbau der Lichtquelle ist damit beendet. Fehlt nur noch das Leintuch, jene Landebahn aus weißer Baumwolle, auf der sich die anfliegenden Falter niederlassen sollen. Der Brennpunkt der Laterne muss in der Mitte des Tuchs liegen … Dann ist auch das getan.

Er lässt sich im Schatten nieder, entlastet die müden Beine und arrangiert sein Handwerkszeug, stellt sicher, dass alles griffbereit liegt. Nicht lange, da kommen die Ersten

angeflattert, nichtsahnend, dass ihnen vom Rand des Licht-
kreises Gefahr droht. Beschwingt und betört umwerben
sie die Laterne, verausgaben sich im taumelnden Tanz,
schaffen nur wenige Schleifen. Schon landet einer auf dem
Leintuch, sitzt ganz still auf seinen Beinchen, die Flügel
wie zum Gebet gefaltet. Rufus schleicht ins Licht, pirscht
sich von hinten an. Der Teleskopstiel, an dessen Ende
das weiche Netz aus Tüll baumelt, verlängert seinen Arm,
wird zur Prothese, die dienstfertig auf ihren Einsatz wartet. Nur noch ein bisschen näher ... Jetzt! Blitzartig deckelt
er den Falter mit dem Fangnetz, setzt ihn unter der feinen
Haube fest, gewahrt verschrecktes Schwirren, sinnloses
Aufliegen, hilflose Fluchtversuche. Rufus hält das Beu-
telende hoch und betrachtet den Falter in seinem zipfel-
mützenförmigen Gefängnis. Ab ins Tötungsglas, geflügel-
ter Freund!

Den Boden des Glases bedeckt eine mit Essigäther be-
träufelte Watteschicht. (Chloroform, Tetrachlorkohlenstoff,
Zyannatrium – dank seiner guten Beziehungen zum Chemischen Institut konnte Rufus im Lauf der Jahre eine ganze
Reihe verschiedener Tötungsmittel testen. Inzwischen arbeitet er jedoch ausschließlich mit Essigäther.) Nach etwa
einer Minute setzt die Betäubung ein. Mithilfe einer Pin-
zette fischt Rufus den Falter aus dem Glas, untersucht,
ob er des Mitnehmens wert ist, fällt eine Entscheidung
und ein Todesurteil. Fachmännisch schiebt er eine dünne
Injektionskanüle in den Thorax des Tiers und spritzt ihm
eine kleine Menge Ammoniakwasser – tötet sofort. Dem
goldenen Schuss folgt das Nadeln. Rufus fasst den Falter
an der Brust und pfählt ihn mit einer schwarz lackierten
Insektennadel (Größe 0). Die hölzerne Steckschachtel, in
der das aufgespießte Tier die nächsten Stunden verbringen

wird, ist mit einer hellen Porenplatte ausgelegt. Rufus schließt den Deckel.

Dann kramt er in den Rucksackfächern herum, sucht und findet das Bestimmungsbuch. Ungeduldig blättert er die Seiten durch. Da! Das ist er: *Arctornis l-nigrum.*

Schwarzes L.

Ein Nachtfalter. Ein Spinner.